Antón Pàvlovič Čechov

TRE ANNI

versione filologica del racconto lungo

(1895)

a cura di Bruno Osimo

Titolo originale dell'opera: Три года
Traduzione dal russo di Bruno Osimo

Bruno Osimo è un autore/traduttore che si autopubblica

La stampa è realizzata come print on sale da Kindle Direct Publishing

ISBN 9788831462006 per l'edizione hardcover
ISBN 9788831462020 per l'edizione paperback
ISBN 9788831462013 per l'edizione elettronica

Contatti dell'autore-editore-traduttore: osimo@trad.it

Traslitterazione

La traslitterazione dei nomi è fatta in base alla norma ISO 9:

â si pronuncia come 'ia' in 'fiato'
c si pronuncia come 'z' in 'zozzo'
č si pronuncia come 'c' in 'cena'
e si pronuncia come 'ie' in 'fieno'
ë si pronuncia come 'io' in 'chiodo'
è si pronuncia come 'e' in 'lercio'
h si pronuncia come 'c' nel toscano 'laconico'
š si pronuncia come 'sc' in 'scemo'
ŝ si pronuncia come 'sc' in 'esci'
û si pronuncia come 'iu' in 'fiuto'
ž si pronuncia come 's' in 'pleasure'

Sommario

I

Era ancora buio, ma qua e là nelle case si erano già accesi i lumi e in fondo alla via da dietro la caserma cominciava a sorgere una luna pallida. Làptev sedeva presso il cancello su una panchina e aspettava che terminasse la *vsénoŝnaâ*[1] nella chiesa di Pëtr e Pàvel. Calcolava che Ûliâ Sergéevna, di ritorno dalla *vsénoŝnaâ*, sarebbe passata accanto e allora lui le avrebbe rivolto la parola e, magari, avrebbe trascorso con lei tutta la sera.

Se ne stava seduto da un'ora e mezzo, e nel frattempo l'immaginazione gli figurava il suo appartamento di Mosca, gli amici di Mosca, il cameriere Pëtr, la scrivania; di tanto in tanto lanciava delle occhiate sconcertate agli alberi scuri, immobili, e gli pareva strano non essere ora nella dacia di Sokól'niki, ma in una città di provincia, in una casa accanto alla quale ogni mattina e ogni sera i pastori conducono una grossa mandria sollevando terribili nuvole di polvere e suonano il corno. Gli venivano in mente le lunghe conversazioni a Mosca, alle quali lui stesso aveva preso parte fino a non molto tempo fa – conversazioni in cui si sosteneva che si può vivere senza amore, che l'amore appassionato è una psicosi, che, infine, non c'è nessun amore, ma

---

[1] Funzione notturna ortodossa che dura dal tramonto all'alba.

soltanto attrazione fisica tra i sessi – e via di questo passo; gli venivano in mente e pensava con malinconia che se adesso gli avessero domandato che cos'è l'amore, non sarebbe riuscito a trovare nulla da rispondere.

La *vsénošnaâ* finì, comparve della gente. Làptev osservava con tensione le sagome scure. Avevano già portato via l'arciereo sulla carrozza chiusa, avevano già smesso di suonare, e sul campanile uno dopo l'altro i lumi rossi e verdi si erano spenti – era l'illuminazione per la festa del patrono della chiesa, – mentre la gente continuava a camminare, senza fretta, discorrendo, fermandosi sotto le finestre. Ma ecco che, finalmente, Làptev sentì la voce conosciuta, il cuore prese a battergli forte, e dato che Ûliâ Sergéevna non era sola, ma con due signore, fu preso dalla disperazione.

«È terribile, terribile!» sussurrava, ingelosito. «È terribile!»

All'angolo, al momento di svoltare nel vicolo, lei si fermò per salutare le signore, e in quel momento diede un'occhiata a Làptev.

«E io venivo proprio da voi» disse lui. «A fare due chiacchiere con vostro padre. È in casa?»

«È verosimile» rispose lei. «Per il club è ancora presto».

Il vicolo era tutto fra giardini e accanto alle staccionate crescevano tigli, che ora alla luna facevano un'ombra larga, tanto che gli steccati e i cancelli da un lato annegavano del tutto nelle tenebre; da lì giungeva un sussurro di voci femminili, una risata trattenuta, e qualcuno suonava piano piano la balalaica. C'era odore di tiglio e di fieno. Il sussurro delle creature invisibili e questo odore eccitarono Làptev. D'un tratto gli venne una voglia appassionata di abbracciare la donna che gli camminava accanto, di coprirle di baci viso, mani, spalle, di scoppiare in singhiozzi, di cadere ai suoi piedi, di raccontarle quanto l'aveva aspettata a lungo. Da lei veniva un leggero, appena percettibile odore di incenso, e ciò gli fece venire in mente il tempo in cui anche lui credeva in Dio e andava alla *vsénošnaâ* e sognava tanto un amore puro, poetico. E dato che questa fanciulla non lo amava, gli pareva ora che la possibilità di quella felicità che sognava allora fosse perduta per sempre.

Lei si mise a parlare con partecipazione della salute della sorella di lui, Nina Fëdorovna. Un paio di mesi prima sua sorella era stata operata di cancro e ora tutti si aspettavano una ricaduta della malattia.

«Sono stata da lei stamattina» disse Ûliâ Sergéevna «e mi è parso che in questa settimana sia non tanto dimagrita, quanto diventata più smorta».

«Sì, sì» concordò Làptev. «Non è una ricaduta, ma giorno dopo giorno, lo vedo, diventa sempre più debole e mi si dissolve davanti agli occhi. Non capisco cosa le stia succedendo».

«Dio, e dire che era così sana, piena, con le

guance rosse!» disse Ûliâ Sergéevna dopo un momento di silenzio. «Qui la chiamavano tutti cinciallegra, infatti. Come rideva! Nei giorni di festa si vestiva da semplice baba, e questo le stava molto bene».

Il dottor Sergéj Borìsyč era in casa; grassoccio, rosso, con una finanziera lunga fin sotto il ginocchio e, a quanto sembrava, corto di gambe, camminava da un angolo all'altro del suo studio, le mani infilate in tasca, e canticchiava a mezza voce: «Ru-ru-ru-ru». Aveva le fedine grigie arruffate e i capelli spettinati, come se si fosse appena alzato dal letto. E il suo studio, con i cuscini sui divani, con pile di vecchie carte negli angoli e con un cane barbone malato sporco sotto il tavolo, dava la stessa impressione di ruvido e di arruffato che dava lui.

«C'è *m'sié*[2] Làptev che ti vuole vedere» gli disse la figlia, entrando nello studio.

«Ru-ru-ru-ru» si mise a cantare più forte e, svoltando nel salotto degli ospiti, porse la mano a Làptev e gli chiese: «Cosa mi dite di carino?».

Nel salotto degli ospiti era buio. Làptev, senza sedersi e tenendo il cappello in mano, cominciò a scusarsi per il disturbo; chiese cosa si poteva fare perché sua sorella la notte dormisse, e come mai dimagriva tanto, ed era imbarazzato al pensiero di avere, gli sembrava, già fatto le stesse domande al dottore oggi durante la visita del

---

[2] Pronuncia russa del francese *monsieur*.

mattino.

«Ditemi,» domandò lui «non è il caso che facciamo venire da Mosca uno specialista di medicina interna? Cosa ne pensate?»

Il dottore sospirò, si strinse nelle spalle e fece con le braccia un gesto indefinito.

Era evidente che si era offeso. Era un dottore estremamente permaloso, sospettoso, al quale pareva sempre che gli altri non gli credessero, che non lo rispettassero e non lo stimassero abbastanza, che la gente lo sfruttasse, e che i colleghi fossero maldisposti verso di lui. Rideva sempre di sé, diceva che i cretini come lui sono fatti apposta perché la gente li calpesti col cavallo.

Ûliâ Sergéevna accese la lampada. In chiesa si era estenuata, e questo era evidente dal viso pallido, sfinito, dall'andatura fiacca. Aveva voglia di riposare. Si sedette sul divano, appoggiò le mani sulle ginocchia e si mise a pensare. Làptev sapeva di essere brutto, e ora gli pareva addirittura di sentirsi sul corpo questa sua bruttezza. Era basso di statura, magro, con il rossore sulle guance, e i capelli gli si erano già fatti molto radi, tanto che aveva freddo alla testa. Nella sua espressione non c'era affatto quell'elegante semplicità che rende simpatiche anche le facce rozze, brutte; in compagnia delle donne era impacciato, esageratamente ciarliero, ampolloso. E ora quasi si disprezzava per questo. Perché Ûliâ Sergéevna non si annoiasse in sua compagnia, era necessario parlare. Ma di cosa? Di nuovo della malattia di sua sorella?

E si mise a dire della medicina quello che si dice di solito, elogiò l'igiene e disse che da tempo aveva intenzione di fondare a Mosca una casa dormitorio e che ne aveva già il preventivo. Secondo il suo progetto un operaio, presentandosi di sera alla casa dormitorio, per cinque-sei copechi deve ricevere una porzione di *šči*[3] bollente con il pane, un letto caldo, asciutto con una coperta e un posto per far asciugare i vestiti e le scarpe.

Ûliâ Sergéevna di solito in sua presenza taceva, e lui, stranamente, forse con il fiuto dell'innamorato, cercava di indovinarne pensieri e intenzioni. E adesso pensò che se lei dopo la *vsénoŝnaâ* non era andata in camera sua a cambiarsi e a bere il tè, voleva dire che stasera sarebbe andata ancora in visita da qualche parte.

«Ma io non ho fretta con la casa dormitorio» continuava ormai con dispetto e con stizza, rivolgendosi al dottore che lo guardava inespressivo e perplesso, non capendo, evidentemente, che bisogno aveva lui di intavolare un discorso sulla medicina e l'igiene. «E, mi sa, ci vorrà tempo prima che io possa utilizzare questo preventivo. Ho paura che la casa dormitorio finisca nelle mani dei nostri santoni e delle *bàryni*[4] filantrope di Mosca, che affossano qualunque

____

[3] Minestra di cavolo, piatto tradizionale.
[4] Dame.

iniziativa.»

Ûliâ Sergéevna si alzò e porse la mano a Làptev.

«Mi dispiace» disse «è ora che io vada. Salutatemi vostra sorella, per favore».

«Ru-ru-ru-ru» si mise a cantare il dottore. «Ru-ru-ru-ru».

Ûliâ Sergéevna uscì, e Làptev poco dopo si congedò dal dottore e andò a casa. Quando una persona è insoddisfatta e si sente infelice, quanta volgarità gli ispirano questi tigli, le ombre, le nuvole, tutte queste bellezze della natura, compiaciute di sé e indifferenti! La luna era già alta e sotto correvano veloci le nuvole. "Ma che luna ingenua, di provincia, e che nuvole esili, pietose!" pensava Làptev. Si vergognava di aver appena parlato di medicina e della casa dormitorio e inorridiva al pensiero che nemmeno domani avrà abbastanza carattere e di nuovo cercherà di vederla e di parlarle e ancora una volta si convincerà di essere un estraneo per lei. E dopodomani – la stessa cosa. A che scopo? E quando e come finirà tutto questo?

A casa andò da sua sorella. Nina Fëdorovna aveva ancora un'aria forte e dava l'impressione di una donna ben fatta, robusta, ma il grande pallore la rendeva simile a una morta, soprattutto quando lei, come adesso, giaceva supina, con gli occhi chiusi; accanto a lei era seduta la figlia maggiore, Sàša, di dieci anni, e le leggeva qualcosa dalla propria antologia.

«È arrivato Alëša» disse l'ammalata piano, fra sé.

Fra Sàša e lo zio si era ormai da tempo stabilito un tacito accordo: si davano il cambio a vicenda. Ora Sàša chiuse la sua antologia e, senza dire una parola, uscì piano dalla camera; Làptev prese dal comò un romanzo storico e, trovata la pagina giusta, si sedette e si mise a leggere ad alta voce.

Nina Fëdorovna era nata a Mosca. L'infanzia e la giovinezza lei e i suoi due fratelli le avevano trascorse in via Pâtnickaâ, nella sua famiglia di commercianti. L'infanzia era stata lunga, noiosa; il padre era severo e un paio di volte l'aveva addirittura punita con la frusta, mentre la madre era stata a lungo ammalata ed era morta; la servitù era sporca, scortese, ipocrita; in casa venivano spesso popi e monaci, pure scortesi e ipocriti: bevevano e mangiavano e adulavano con rozzezza suo padre, che non amavano. I ragazzi avevano avuto la fortuna di andare al ginnasio, mentre Nina se ne era rimasta priva di istruzione, per tutta la vita scriveva scarabocchi e leggeva solo romanzi storici. Circa diciassette anni prima, quando ne aveva ventidue, nella dacia di Himki aveva conosciuto il suo attuale marito, Panaùrov, un proprietario terriero, se ne era innamorata e l'aveva sposato, contro la volontà del padre, in segreto. Panaùrov, bello, un po' sfacciato, che si accendeva la sigaretta dalla lampada e fischiava, sembrava a suo padre una nullità assoluta, e quando poi il genero nelle sue lettere aveva cominciato a pretendere una dote, il vecchio aveva scritto alla figlia che le mandava in campagna le pellicce, l'argenteria e vari oggetti appartenuti alla madre, e trentamila rubli in contanti, ma senza la benedizione paterna; poi gliene mandò altri ventimila. Questi soldi e la dote vennero scialacquati, il possedimento venduto, e Panaùrov si trasferì con la famiglia in città e si mise a lavorare nell'amministrazione regionale. In città aveva messo su un'altra famiglia, e questo ogni giorno provocava molti pettegolezzi, dato che la famiglia illegittima viveva alla luce del sole.

Nina Fëdorovna adorava il marito. Anche ora, ascoltando il romanzo storico, pensava a quante ne aveva passate, che aveva sempre sofferto molto, e che se qualcuno avesse descritto la sua vita, ne sarebbe uscito un quadro molto penoso. Dato che il tumore lo aveva nel petto, era convinta di essersi ammalata per amore, per la sua vita famigliare, e che a letto ce l'avevano messa la gelosia e le lacrime.

Ma ecco che Alekséj Fëdoryč chiuse il libro e disse:

«Fine e che il Signore lo accompagni. Domani ne incominciamo un altro».

Nina Fëdorovna si mise a ridere. Era sempre stata ridanciana, ma Làptev cominciava a notare che a volte la malattia in certi momenti pareva come indebolire l'intelligenza, e lei rideva alla più piccola sciocchezza e perfino senza motivo.

«Mentre eri fuori prima di pranzo è venuta Ûliâ» disse lei. «A quanto ho visto, non ha molta fiducia nel suo papà. "Lasciate pur che mio padre vi curi," ha detto "ma comunque, di nascosto, scrivete al santo *starec*[5], che preghi per voi." Qui da loro c'è non so che *starec*. Ûlička ha dimenticato qui da me l'ombrello, mandaglielo domani» proseguì lei, dopo un momento di silenzio. «No, quando è ormai la fine, non servono né dottori, né *starec*».

«Nina, perché di notte non dormi?» domandò Làptev per cambiare discorso.

«Così. Non dormo, ecco tutto. Me ne sto sdraiata e penso».

«E a cosa pensi, cara?»

«Ai bambini, a te... alla mia vita. Perché io, Alëša, ne ho passate proprio tante. Appena cominci a ricordare, appena cominci... Signore, Dio mio!» Si mise a ridere. «Non è mica uno scherzo partorire cinque volte, tre li ho seppelliti... Quando stavo per partorire, il mio Grigórij Nikolàič in questo momento era da quell'altra, non c'era nessuno che andasse a chiamare l'ostetrica o la mammana, andavo nell'andito o in cucina a chiamare la domestica, e là ci sono giudei, bottegai, strozzini, che aspettano che lui torni a

---

[5] Nella cultura ortodossa, vecchio saggio per esperienza spirituale.

casa. La testa mi girava... Lui non mi amava, non lo diceva nemmeno. Adesso mi sono messa l'animo in pace, me lo sono tolto dal cuore e sono più leggera, ma prima, quando ero più giovane, me la prendevo, me la prendevo, ohi, quanto me la prendevo, mio caro! Una volta – eravamo ancora in campagna – l'ho sorpreso in giardino con una signora, e me ne sono andata... me ne sono andata dritto davanti agli occhi e, non so come, mi sono ritrovata sul sagrato, sono caduta in ginocchio: "Regina dei cieli!" dico. E intorno è notte, splende la luna...»

Si era estenuata, cominciava ad ansimare; poi, dopo un po' di riposo, prese la mano del fratello e continuò con voce debole, afona:

«Come sei buono, Alëša... Come sei intelligente... Che bella persona da te è venuta fuori!»

A mezzanotte Làptev la salutò e, andandosene, prese l'ombrello dimenticato da Ûliâ Sergéevna. Nonostante l'ora tarda, in sala da pranzo i domestici e le domestiche stavano bevendo il tè. Che disordine! Le bambine non dormivano ed erano anche loro qui in sala da pranzo. Parlavano piano, a mezza voce, e non si accorgevano che la lampada si stava facendo più debole e stava per spegnersi. Tutte queste persone, grandi e piccole, erano inquietate da vari brutti segni, ed erano di umore abbattuto: in anticamera si era rotto uno specchio, il samovàr fischiava ogni giorno e, nemmeno a farlo apposta, stava fischiando perfino ora; raccontavano che, mentre Nina Fëdorovna si stava vestendo, da una sua scarpa era saltato fuori un topo. Il significato spaventoso di tutti questi segni era ormai noto alle bambine; la figlia maggiore, Sàša, una brunetta magrolina, era seduta a tavola immobile, e aveva la faccia spaventata, mortificata, mentre la minore, Lida, di sette anni, una bionda grassottella, stava in piedi accanto alla sorella, e guardava la fiamma di sottecchi.

Làptev scese al piano disotto, a casa sua, nelle stanze con i soffitti bassi, dove c'era un perenne odore di gerani ed era soffocante. Nel soggiorno degli ospiti era seduto Panaùrov, il marito di Nina Fëdorovna, e leggeva il giornale. Làptev gli fece un cenno con la testa e gli si sedette di fronte. Erano tutti e due seduti e tacevano. Capitava che così, senza parlare, passassero serate intere, e questo silenzio non li metteva a disagio.

Arrivarono dal piano disopra le bambine per la buonanotte. Panaùrov, in silenzio, senza fretta, fece a entrambe più volte il segno della croce e diede loro la mano da baciare; loro fecero la riverenza, poi si avvicinarono a Làptev, che pure dovette far loro il segno della croce e farsi baciare la mano. Questa cerimonia con i baci e le riverenze si ripeteva ogni sera.

Quando le bambine furono uscite, Panaùrov mise da parte il giornale e disse:

«Che noia nella nostra città timorosa di Dio!

Vi confesso, mio caro» aggiunse con un sospiro «sono molto contento che finalmente vi siate trovato una distrazione».

«Di cosa parlate?» chiese Làptev.

«Poco fa vi ho visto uscire dalla casa del dottor Belàvin. Voglio sperare che non ci siate andato a trovare il paparino».

«Certo» disse Làptev e arrossì.

«Già, certo. E, a proposito, un altro panzone come questo paparino non lo si trova nemmeno di giorno con il lanternino. Non potete immaginarvi che razza di bestia impura, mediocre e goffa! Da voi, là, nella capitale, la gente continua a interessarsi della provincia solo dal punto di vista lirico, come dire, dal punto di vista del paesaggio e di Antòn-Goremyka[6], ma, ve lo giuro, amico mio, non c'è nulla di lirico, c'è solo selvaticità, meschinità, schifezze – e nient'altro. Prendete i locali sacerdoti della scienza, per così dire, l'intellighenzia di qui. Non ve lo potete immaginare, qui in città ci sono ventotto dottori, si sono tutti messi da parte un capitale e vivono in case di loro proprietà, mentre intanto la popolazione si trova nella stessa situazione di impotenza di una volta. Adesso abbiamo dovuto far operare Nina, un'operazione in sostanza da poco, eppure si è dovuto far venire un chirurgo da Mosca, qui non ci si è messo nessuno. Non ve lo potete immaginare. Non sanno nulla, non

____

[6] Romanzo (1847) di Grigorovič.

capiscono nulla, non si interessano a nulla. Chiedete loro, per esempio, cos'è il cancro. Che cos'è? Com'è che viene?»

E Panaùrov si mise a spiegare cos'è il cancro. Era specialista in tutte le scienze e spiegava scientificamente tutto quello di cui si parlava. Ma spiegava tutto un po' a modo suo. Aveva una sua personale teoria sulla circolazione del sangue, una sua chimica, una sua astronomia. Parlava lentamente, con una voce calda, convincente e le parole "non ve lo potete immaginare" le pronunciava in tono supplichevole, socchiudeva gli occhi, sospirava languido e sorrideva condiscendente, come un re, e si vedeva che era molto soddisfatto di sé e che non pensava affatto di avere ormai cinquant'anni.

«Mi è venuto un certo appetito» disse Làptev. «Mangerei volentieri qualcosa in salamoia».

«Oh beh, che dire! Si può organizzare in un attimo».

Poco dopo Làptev e il cognato erano seduti disopra in sala da pranzo e cenavano. Làptev bevve un bicchierino di vodka e poi si mise a bere vino, Panaùrov invece non beveva nulla. Non beveva mai e non giocava a carte e, nonostante ciò, aveva dilapidato il patrimonio suo e della moglie e aveva fatto molti debiti. Per spendere così tanto in così poco tempo, non basta essere portati per farlo, ci vuole qualcosa d'altro, un talento particolare. A Panaùrov piaceva mangiar bene, piacevano i servizi buoni, la musica durante il pranzo, i discorsi per i brindisi, gli inchini dei camerieri, ai quali lanciava con noncuranza mance da dieci e perfino da venticinque rubli; partecipava sempre a tutte le sottoscrizioni e lotterie, alle donne che compivano gli anni inviava mazzi di fiori, comprava tazze, sottobicchieri, gemelli, cravatte, bastoni da passeggio, profumi, bocchini, pipe, cani, pappagalli, giapponeserie, antichità; le sue camicie da notte erano di seta, il letto di ebano e madreperla, la sua veste da camera era originale di Buharà, e così via, e per tutto questo ogni giorno spendeva, come si esprimeva lui stesso, un "mucchio" di soldi.

Durante la cena non faceva che sospirare e scuotere la testa.

«Sì, a questo mondo tutto ha fine» disse piano, socchiudendo i suoi occhi scuri. «Voi vi innamorerete e soffrirete, vi disamorerete, sarete tradito, perché non c'è donna che non tradisca, soffrirete, arriverete alla disperazione e tradirete anche voi. Ma verrà il tempo in cui tutto ciò sarà ormai diventato un ricordo e voi ragionerete con freddezza e le considererete delle vere e proprie sciocchezze...»

E Làptev, stanco, leggermente ubriaco, guardava la bella testa di lui, la barbetta nera, regolata, e, gli pareva, capiva come mai le donne amassero tanto quest'uomo viziato, sicuro di sé e fisicamente affascinante.

Dopo cena Panaùrov non rimase a dormire, ma andò a casa sua nell'altro appartamento.

Làptev uscì ad accompagnarlo. In tutta la città Panaùrov era l'unico a portare il cilindro, e accanto alle staccionate grigie, alle penose casette a tre finestre e ai cespugli di ortiche la sua sagoma elegante, da damerino, il suo cilindro e i guanti color arancio facevano ogni volta un'impressione e strana, e malinconica.

Dopo averlo salutato, Làptev tornò senza fretta verso casa. La luna splendeva luminosa, si poteva distinguere ogni pagliuzza per terra, e a Làptev sembrava che la luce lunare gli accarezzasse la testa scoperta, come se qualcuno gli passasse una piuma sui capelli.

«Sono innamorato!» disse ad alta voce, e d'un tratto gli venne voglia di mettersi a correre, di raggiungere Panaùrov, di abbracciarlo, di scusarsi, di regalargli molti soldi e poi di correre per i campi, nel boschetto, e di continuare a correre senza guardarsi indietro.

A casa vide su una sedia l'ombrello dimenticato da Ûliâ Sergéevna, lo afferrò e lo baciò con avidità. Era un ombrello di seta, non più nuovo, legato con un vecchio elastico; il manico era di osso bianco, semplice, di poco prezzo. Làptev lo aprì sopra di sé, e gli sembrava che intorno ci fosse perfino odore di felicità.

Si sedette un po' più comodo e, senza mollare di mano l'ombrello, si mise a scrivere a uno dei suoi amici, a Mosca:

«Caro, adorato Kóstâ, eccovi una novità: ancora una volta amo! Dico *ancora una volta* perché cinque o sei anni fa ero innamorato di un'attrice di Mosca, con cui non sono riuscito nemmeno a fare conoscenza, e nell'ultimo anno e mezzo ho vissuto con la "persona" che voi conoscete – una donna non giovane e non bella. Ah, mio caro, come sono stato sfortunato in amore! Non ho mai avuto successo con le donne, e se dico *ancora una volta* è solo perché è triste e ferisce riconoscere di fronte a me stesso che la mia giovinezza è passata del tutto senza amore e che amo per davvero per la prima volta solo adesso, a trentaquattro anni. E quindi *ancora una volta* amo.

«Se solo sapeste che razza di fanciulla! Non si può dire che sia una bellezza – ha la faccia larga, è molto magra, ma in compenso che meravigliosa espressione di bontà, come sorride! La sua voce, quando parla, canta e suona. Con me non intavola mai discorsi, io non la conosco, ma quando le sto vicino, sento in lei una creatura rara, straordinaria, permeata d'intelligenza e di aspirazioni elevate. È religiosa, e non vi potete immaginare fino a qual punto ciò mi commuova e la elevi ai miei occhi. Su questo punto sono disposto a discutere con voi senza fine. Avete ragione, sia pure come volete voi, ma mi piace quando va in chiesa a pregare. È una provinciale, ma ha studiato a Mosca, ama la nostra Mosca, si veste alla moscovita, e per questo io l'amo, l'amo, l'amo... Vedo che vi accigliate e che vi alzate per tenermi una lunga conferenza su cos'è l'amore e su chi si può amare e chi no, eccetera, eccetera. Ma, caro Kóstâ, finché non ero innamorato, sapevo anch'io alla perfezione che cos'è l'amore.

«Mia sorella vi ringrazia del saluto. Si ricorda spesso di aver una volta accompagnato Kóstâ Kočevój a iscriversi alla classe preparatoria, e a tutt'oggi vi chiama *povero*, dato che conserva il ricordo di voi come un piccolo orfanello. E così, povero orfano, io sono innamorato. Per ora è un segreto, non dite nulla *lì* alla "persona" che sapete. Questo, penso, si risolverà da solo, oppure, come dice un cameriere in Tolstój, *"andrà a posto"*».
Finita la lettera, Làptev si mise a letto. Dalla stanchezza gli occhi gli si chiudevano da soli, ma chissà perché non riusciva a prendere sonno; gli pareva che fosse il rumore della strada a dargli fastidio. Fecero passare lì accanto la mandria e suonavano il corno, poi poco dopo rintoccarono le campane per la prima funzione. Ora passa un carro che cigola, ora risuona la voce di una baba che va al mercato. E i passeri cinguettavano tutto il tempo.

II

La mattinata era allegra, festosa. Verso le dieci Nina Fëdorovna, vestita con un abito marrone, pettinata, fu portata sottobraccio nel salotto degli ospiti, e qui fece qualche passo e si fermò alla finestra aperta, e aveva un sorriso largo, ingenuo, e a guardarla veniva in mente un artista

del luogo, un ubriacone, che chiamava il viso di lei
«icona» e voleva prenderla a modello per dipingere
il carnevale russo. E tutti – le bambine, i
domestici, e persino suo fratello Alekséj Fëdoryč,
e lei stessa – d'un tratto furono sicuri che sarebbe
senz'altro guarita. Le bambine con risa urlanti
rincorrevano lo zio, cercavano di prenderlo, e la
casa divenne rumorosa.

Vennero estranei a informarsi della sua
salute, portarono la *prosforà*[7], dissero che quel
giorno in quasi tutte le chiese pregavano per la sua
guarigione. Era una benefattrice nella sua città, le
volevano bene. Faceva beneficenza con una
leggerezza straordinaria, tale quale suo fratello
Aleksej, che distribuiva soldi con molta facilità,
senza riflettere se fosse necessario o no. Nina
Fëdorovna pagava per gli scolari poveri,
distribuiva alle vecchiette tè, zucchero, marmellata,
procurava vestiti alle spose povere per il
matrimonio e, se le capitava un giornale fra le
mani, per prima cosa cercava se non ci fossero
appelli o articoli su qualche situazione di miseria.

Adesso aveva in mano un pacco di
bigliettini, grazie ai quali vari poveri, suoi assistiti,
avevano fatto la spesa in drogheria, e che il
mercante le aveva inviato il giorno prima con la
preghiera di pagargli ottantadue rubli.

«Però, quanto hanno comprato,
svergognati!» diceva lei, distinguendo a malapena

---

[7] Piccolo pane lievitato spezzato per l'eucarestia.

sui biglietti la propria brutta calligrafia. «È uno scherzo? Ottantadue! Quasi quasi io non li pago».

«Pagherò io oggi» disse Làptev.

«Perché mai, perché?» si inquietò Nina Fëdorovna. «Bastano i duecentocinquanta rubli a testa che mi date tu e tuo fratello ogni mese. Che Dio vi benedica» aggiunse poi sommessamente, perché i domestici non la sentissero.

«Beh, io in un mese ne spendo invece duemilacinquecento» disse lui. «Te lo ripeto ancora una volta, mia cara: hai lo stesso diritto di spendere di me e Fëdor. Cerca di capirlo una volta per tutte. Siamo tre figli, e di ogni tre copechi uno appartiene a te».

Ma Nina Fëdorovna non capiva e aveva l'espressione di chi sta risolvendo mentalmente un problema molto difficile. E ogni volta questa impermeabilità alle questioni finanziarie inquietava e sconcertava Làptev. Sospettava, poi, che lei avesse dei debiti personali che si vergognava a dire e che la facevano soffrire.

Si sentirono dei passi e un respiro pesante: era il dottore che saliva le scale, arruffato e spettinato come al solito.

«Ru-ru-ru» canticchiava. «Ru-ru».

Per non incontrarsi con lui, Làptev entrò in sala da pranzo, poi scese a casa sua. Gli era chiaro che entrare in maggiore intimità con il dottore e andare a casa sua anche senza invito era impossibile; e incontrarsi con questo "panzone", come lo chiamava Panaùrov, era sgradevole. Era

per questo che si incontrava così di rado con Ûliâ
Sergéevna. Ora ragionò che il padre non era in
casa, che se avesse portato adesso l'ombrello a
Ûliâ Sergéevna l'avrebbe probabilmente trovata a
casa sola, e il cuore gli si strinse dalla gioia. Presto,
presto!

Prese l'ombrello e, fortemente agitato,
partì in volo sulle ali dell'amore. Nella via faceva
caldo. A casa del dottore, nell'enorme cortile
invaso da erbacce e ortiche, una ventina di
bambini giocavano a palla. Erano tutti figli di
inquilini, di artigiani, che abitavano in tre vecchi,
indecenti padiglioni che il dottore ogni anno si
apprestava a restaurare e rimandava sempre.
Risuonavano voci squillanti, sane. Lontano in
disparte, vicino al suo *kryl'có*[8], stava Ûliâ
Sergéevna, con le braccia dietro la schiena, e
guardava il gioco.

«Salve!» la salutò Làptev.

Lei si voltò a guardare. Di solito lui la
vedeva indifferente, fredda oppure, come ieri,
stanca, mentre adesso aveva la stessa espressione
vivace e allegra dei bambini che giocavano a palla.

«Guardate, a Mosca non giocano mai così
allegramente» disse lei andandogli incontro.
«D'altra parte, è vero che lì non ci sono cortili così
grandi, non c'è spazio per correre. E il papà è
uscito proprio adesso per venire da voi» aggiunse,

---

[8] Terrazzino d'ingresso separato da alcuni gradini
dal livello del terreno, nell'izbà.

girandosi intorno a guardare i bambini.

«Lo so, però non vengo da lui, ma da voi» disse Làptev, ammirando la sua gioventù, a cui prima non faceva caso e che solo oggi, in un certo senso, aveva scoperto in lei; gli sembrava di vedere ora per la prima volta il collo bianco, sottile di lei, con la catenina d'oro. «Vengo da voi...» ripeté. «Mia sorella vi manda l'ombrello qui, l'avevate dimenticato ieri».

Lei protese il braccio per prendere l'ombrello, ma lui se lo strinse al petto e disse con passione, non riuscendo a trattenersi, abbandonandosi di nuovo al dolce entusiasmo che aveva provato ieri notte, stando seduto sotto l'ombrello:

«Vi prego, regalatemelo. Lo conserverò in ricordo di voi... della nostra conoscenza. È talmente meraviglioso!»

«Prendetelo» disse lei e arrossì. «Ma di meraviglioso non ha proprio niente».

Lui la guardava in estasi, restando in silenzio e non sapendo cosa dire.

«Ma com'è che vi tengo qui al caldo?» disse lei dopo un certo silenzio e fece un sorriso. «Entriamo nelle stanze».

«Però non vi disturbo?»

Entrarono nell'andito. Ûliâ Sergéevna corse disopra, facendo frusciare il vestito, bianco, coi fiorellini azzurri.

«Me non mi si può disturbare» rispose, fermandosi sulla scala, «perché io non faccio mai nulla. Per me è festa ogni giorno, dal mattino alla sera».

«Per me, quello che dite è incomprensibile» disse lui, andandole vicino. «Io sono cresciuto in un ambiente in cui si lavora ogni giorno, tutti senza eccezione, e uomini e donne».

«E se non c'è nulla da fare?» domandò lei.

«Bisogna impostare la propria vita in modo che il lavoro sia indispensabile. Senza lavoro non può esserci una vita pura e gioiosa».

Strinse di nuovo l'ombrello al petto e disse piano, senza aspettarselo nemmeno lui, senza riconoscere la propria voce:

«Se voi acconsentiste a essere mia moglie, io darei tutto. Io darei tutto... Non c'è prezzo, non c'è sacrificio, che io non sia disposto a fare».

Lei ebbe un fremito e lo osservò meravigliata e spaventata.

«Che cosa dite, che cosa dite!» pronunciò lei impallidendo. «È impossibile, ve l'assicuro. Scusate».

Poi veloce, sempre facendo rumore col vestito, salì disopra e scomparve dietro la porta. Làptev capì cosa voleva dire, e il suo umore cambiò subito, bruscamente, come se d'un tratto nell'anima gli si fosse spenta la luce. Provando la vergogna, l'umiliazione di chi è stato messo da parte, che non piace, che è ripugnante, forse addirittura schifoso, che si rifugge, uscì di casa.

"Io darei tutto" si faceva il verso, andando a casa in mezzo al caldo e ricordando ogni particolare

della sua dichiarazione. "Io darei tutto, proprio da mercante. Se ne fanno davvero tanto gli altri di questo tuo tutto!"
Tutto quello che aveva appena detto, gli pareva, era sciocco fino al disgusto. Perché aveva detto la bugia di essere cresciuto in un ambiente dove lavorano tutti senza eccezione? Perché aveva parlato in tono edificante di una vita pura, gioiosa? Non è intelligente, non è interessante, è falso – falso come si usa a Mosca. Ma ecco a poco a poco sopraggiunse lo stato d'animo di indifferenza in cui cadono i delinquenti dopo una condanna severa, pensava già che, grazie a Dio, adesso tutto era passato, e non c'era più questa orribile disconoscenza, non era più necessario aspettare per giornate intere, tormentarsi, pensare sempre alla stessa cosa; adesso è tutto chiaro; bisogna abbandonare ogni speranza di felicità, vivere senza desideri, senza speranze, non sognare, non aspettare, e perché non ci sia questa noia, con cui è ormai talmente stufo di convivere, ci si può occupare d'altro, della felicità altrui, e poi senza accorgersene verrà la vecchiaia, la vita avrà fine – e non servirà più niente. Per lui era ormai lo stesso, non voleva niente e poteva ragionare a mente fredda, ma in faccia, soprattutto sotto gli occhi, aveva una pesantezza, la fronte gli si tendeva come un elastico, – da un momento all'altro sprizzano le lacrime. Sentendosi debole in tutto il corpo, si sdraiò sul

letto e in cinque minuti si addormentò
profondamente.

III

La proposta che così inaspettatamente aveva
fatto Làptev portò Ûliâ Sergéevna alla
disperazione.

Conosceva poco Làptev, l'aveva conosciuto per
caso; era un uomo ricco, socio della famosa ditta
moscovita «Fëdor Làptev e figli», sempre molto
serio, evidentemente intelligente, preoccupato
della malattia della sorella; le sembrava che non le
prestasse alcuna attenzione, e lei si sentiva nei
suoi confronti del tutto indifferente – e d'un
tratto questa dichiarazione sulle scale, questa
faccia pietosa, entusiasta...

La proposta la mise in imbarazzo sia per la sua
repentinità, sia perché fu pronunciata la parola
moglie, sia perché le era toccato rispondere con
un rifiuto. Non ricordava più cosa avesse detto a
Làptev, ma continuava ancora a sentire le tracce
di quel sentimento irruento, sgradevole con il
quale aveva detto di no. Lui non le piaceva; aveva
l'aspetto di un commesso, non era interessante,
non avrebbe potuto rispondere che con un
rifiuto, eppure si sentiva a disagio, come se avesse
agito male.

«Dio mio, senza entrare nelle camere,
direttamente sulle scale» diceva disperata, rivolta
all'icona appesa sopra la testata del suo letto «e

prima non mi ha corteggiato, ma in qualche modo strano, insolito...»

Essendo da sola la sua ansia si faceva ogni ora più forte, e da sola non aveva la forza di fare i conti con questo sentimento pesante. Aveva bisogno che qualcuno la stesse ad ascoltare e le dicesse che aveva agito correttamente. Ma non aveva nessuno con cui parlare. La madre non l'aveva più da molto tempo, il padre lo considerava un uomo strano e non poteva fare con lui un discorso serio. La metteva a disagio con i suoi capricci, con l'esagerata permalosità e con i gesti inconsulti; e bastava intavolare con lui un discorso che cominciava subito a parlare di sé. Nemmeno durante la preghiera poté essere del tutto sincera, dato che non sapeva di preciso cosa doveva chiedere a Dio.

Portarono il samovàr. Ûliâ Sergéevna, pallidissima, stanca, con l'aria impotente, entrò in sala da pranzo, preparò il tè – era una sua incombenza – e ne versò al padre un bicchiere. Sergéj Borìsyč, con la lunga finanziera fin sotto il ginocchio, rosso, spettinato, le mani infilate in tasca, camminava per la stanza, non da un angolo all'altro, ma così, come capita, come una bestia in gabbia. Si ferma al tavolo, beve dal bicchiere con appetito e cammina di nuovo, e continua a pensare a qualcosa.

«Oggi Làptev mi ha fatto una proposta» disse Ûliâ Sergéevna e arrossì.

Il dottore la guardò e parve non aver capito.

«Làptev?» chiese. «Il fratello della Panaùrova?»
Amava sua figlia; era verosimile che lei presto o tardi si sarebbe sposata e l'avrebbe lasciato, ma lui si sforzava di non pensarci. La solitudine gli faceva paura, e chissà perché gli sembrava che, se fosse rimasto solo in quella grande casa, gli sarebbe venuto un colpo apoplettico, ma di questo non amava parlare apertamente.
«Beh, sono molto contento» disse lui e si strinse nelle spalle. «Mi congratulo dal profondo dell'anima. Ora ti si presenta un'ottima occasione di separarti da me, con tuo grande piacere. E ti capisco benissimo. Vivere dal vecchio padre, malato, demente, alla tua età dev'essere molto pesante. Ti capisco perfettamente. E se io crepassi alla svelta, se il diavolo mi portasse via, tutti sarebbero contenti. Mi congratulo con te dal profondo dell'anima».
«Ho rifiutato».
Il dottore non sentì più quel peso sull'anima, ma ormai non aveva più la forza di fermarsi e proseguì:
«Mi meraviglio, mi meraviglio da un pezzo, come mai non mi hanno ancora messo in manicomio? Perché ho addosso questa finanziera e non una camicia di forza? Io credo ancora nella verità, nel bene, sono un cretino idealista, e tutto questo ai nostri tempi non è forse una follia? E come si risponde alla mia verità, al mio atteggiamento onesto? Ci manca poco che mi tirino pietre e mi calpestino col cavallo. E anche i parenti stretti

cercano solo di cavalcarmi sul collo, che il diavolo mi porti, vecchio babbeo.

«Con voi non si può parlare come con un normale essere umano!» disse Ûliâ.

Si alzò di scatto da tavola e se ne andò in camera sua, molto arrabbiata, ricordando quanto spesso suo padre fosse stato ingiusto verso di lei. Ma poco dopo provava già pena per il padre, e quando lui uscì per andare al club, lo accompagnò giù e gli chiuse lei la porta alle spalle. E fuori il tempo era brutto, agitato; la porta tremava dall'impeto del vento, e nell'andito c'erano spifferi da tutte le parti, tanto che per poco non si spense la candela. Su da lei Ûliâ fece il giro di tutte le stanze e fece il segno della croce a tutte le porte e le finestre; il vento ululava e pareva che qualcuno camminasse sul tetto. Non si era mai annoiata tanto prima, non si era mai sentita così sola.

Si domandò: aveva fatto bene a respingere un uomo solo perché non le piaceva l'aspetto? È vero, non lo amava, e sposarlo avrebbe voluto dire separarsi per sempre dai propri sogni, dalle proprie concezioni di felicità e di vita coniugale, ma avrebbe mai incontrato l'uomo dei suoi sogni, e lo avrebbe amato? Ha già ventun anni. Aspiranti fidanzati in città non ce ne sono. Si immaginò tutti gli uomini che conosceva – funzionari, insegnanti, ufficiali, e alcuni di loro erano già sposati e la loro vita famigliare colpiva per la vanità e la noia, altri erano poco interessanti, incolori, poco intelligenti, privi di princìpi. E Làptev, comunque fosse, è un moscovita, è laureato, parla francese; abita nella capitale, dove ci sono molte persone intelligenti, nobili, notevoli, dove c'è rumore, splendidi teatri, serate musicali, sarte eccellenti, pasticcerie... Nella Sacra Scrittura è detto che la moglie deve amare il marito, e nei romanzi si dà un'enorme importanza all'amore, ma tutto ciò non è sopravvalutato? È impossibile una vita famigliare senza amore? Eppure dicono che l'amore passi presto e che rimanga solo l'abitudine, e che il fine della vita famigliare non sia l'amore, non la felicità, ma i doveri, per esempio l'educazione dei figli, le faccende domestiche e così via. E la Sacra Scrittura, forse, intende l'amore per il marito come amore per il prossimo, rispetto per lui, condiscendenza.

Prima di andare a letto Ûliâ Sergéevna recitò attentamente le preghiere serali, poi si inginocchiò e, stringendo le mani al petto, guardando la fiammella del lumino, disse con sentimento:

«Illuminami, Interceditrice! Illuminami, Signore!»

Nella sua vita le era capitato di incontrare zitelle mature, povere e in miseria, che si erano amaramente pentite ed esprimevano rimpianto per avere un tempo respinto i propri pretendenti. Non le succederà lo stesso? Non le toccherà andare in monastero o arruolarsi con le sorelle della misericordia?

Si spogliò e si mise a letto, facendosi il segno della croce e facendolo nell'aria intorno a sé. D'un tratto nel corridoio repentino e lamentoso risuonò il campanello.

«Ah, Dio mio!» disse, provando per quella scampanellata un'irritazione dolorosa in tutto il corpo. Era sdraiata e continuava a pensare che questa vita di provincia è povera di avvenimenti, monotona e al tempo stesso inquieta. Ogni tanto succede di sobbalzare, di avere paura di qualcosa, di arrabbiarsi o di sentirsi in colpa, e i nervi finiscono per guastarsi a tal punto, che fa paura alzare lo sguardo da sotto le coperte.

Mezz'ora più tardi suonò di nuovo il campanello e altrettanto brusco. Evidentemente, la servitù dormiva e non sentiva. Ûliâ Sergéevna accese la candela e, tremando, indispettita contro la servitù, cominciò a vestirsi e quando, vestita, uscì in corridoio, di sotto la cameriera stava già richiudendo la porta.

«Pensavo che fosse il bàrin[9], invece sono venuti a chiamare per un malato» disse lei.

Ûliâ Sergéevna tornò in camera sua. Prese dal comò un mazzo di carte e decise che a mescolare bene e poi alzare, se l'ultima fosse stata di colore rosso, voleva dire sì, ossia bisognava accettare la proposta di Làptev, se invece nera, no. Uscì un dieci di picche.

---

[9] Signore.

Questo la tranquillizzò, si addormentò, ma al mattino, di nuovo, non era più né sì né no e pensava che ora, volendo, avrebbe potuto cambiare la propria vita. Questi pensieri la sfinirono, era estenuata e si sentiva malata, ma comunque poco dopo le undici si vestì e andò a trovare Nina Fëdorovna. Aveva voglia di vedere Làptev: magari ora le sarebbe parso migliore; magari finora s'era sbagliata...
Faceva fatica a camminare controvento, avanzava a malapena, tenendosi con tutt'e due le mani il cappello, e dalla polvere non vedeva niente.

IV

Entrando dalla sorella e vedendo inaspettatamente Ûliâ Sergéevna, Làptev provò ancora una volta la sensazione umiliante di essere ripugnante. Concluse che se lei con tanta facilità dopo quello che era successo ieri può venire da sua sorella e incontrarsi con lui, allora, evidentemente, non si accorge di lui o lo considera una nullità assoluta. Ma quando la salutò, lei, pallida, con la polvere sotto gli occhi, lo guardò malinconica e colpevole; capì che anche lei soffriva.
Si sentiva poco bene. Rimase molto poco, una decina di minuti, e cominciò a salutare. E andandosene disse a Làptev:
«Accompagnatemi a casa, Alekséj Fëdoryč».

Per la via camminavano in silenzio, tenendosi i cappelli, e lui, camminandole dietro, cercava di ripararla dal vento. Nel vicolo era più calmo, e qui cominciarono a camminare affiancati.

«Se ieri sono stata scortese, scusatemi» cominciò lei, e la voce le tremò come se stesse per piangere. «È un tale tormento! Non ho dormito tutta la notte».

«Io invece ho dormito magnificamente tutta la notte,» disse Làptev, senza guardarla «ma questo non significa che stia bene. La mia vita è distrutta, sono profondamente infelice, e dopo il vostro rifiuto di ieri vado in giro come se mi avessero avvelenato. La parte più pesante è stata detta ieri, oggi con voi non mi sento più a disagio e posso parlare in modo diretto. Io vi amo più di mia sorella, più della mia povera mamma... Senza mia sorella e senza mia madre ho potuto vivere e ho vissuto, ma vivere senza di voi – per me non ha senso, non posso...»

Anche adesso, come al solito, intuiva le intenzioni di lei. Capiva che Ûliâ voleva continuare il discorso di ieri e che solo per questo gli aveva chiesto di accompagnarla ed ora lo avrebbe fatto entrare in casa. Ma cosa può aggiungere al suo rifiuto? Cos'ha pensato di nuovo? Da tutto, dagli sguardi, dal sorriso e anche da come, camminandogli accanto, teneva la testa e le spalle, vedeva che come prima non lo amava, che le era estraneo. Cos'altro vuole dire ancora?

Il dottor Sergéj Borìsyč era in casa.

«Siate il benvenuto, sono assai lieto di vedervi, Fëdor Alekséič» disse scambiando nome e patronimico. «Assai lieto, assai lieto».

Prima non era così cortese, e Làptev concluse che il dottore già sapeva della sua proposta; e questo non gli piacque. Ora era nel salotto degli ospiti, e questa stanza gli faceva una strana impressione per i mobili poveri, piccoloborghesi, per i quadri brutti, e anche se c'erano sia poltrone sia un'enorme lampada con abat-jour, assomigliava lo stesso a un locale non abitato, a uno spazioso capanno, ed era evidente che in questa stanza poteva sentirsi a suo agio solo una persona come il dottore; l'altra stanza, grande quasi il doppio, si chiamava sala, e qui c'erano solo sedie, come a un corso di danza. E Làptev, finché era nel salotto degli ospiti e parlava con il dottore di sua sorella, fu tormentato da un sospetto. Non è che Ûliâ Sergéevna fosse stata da sua sorella Nina e poi lo avesse portato qui per annunciargli che accettava la sua proposta? Oh, quant'è orribile questo, ma più orribile di tutto è che la sua anima sia capace di simili sospetti. Si immaginava che ieri sera e ieri notte padre e figlia magari si consultavano a lungo, discutevano a lungo e poi concordavano che Ûliâ aveva agito con leggerezza respingendo un uomo ricco. Nelle orecchie gli risuonavano addirittura le parole che in simili occasioni vengono dette dai genitori:

"È vero, tu non lo ami, ma però, pensaci, quanto bene puoi fare!"

Il dottore si preparava per andare dai pazienti. Làptev voleva uscire insieme a lui, ma Ûliâ Sergéevna disse:

«Voi invece restate, ve ne prego».

S'era tormentata, abbattuta, e cercava ora di convincersi che rifiutare un uomo perbene, buono, che l'amava, solo perché non le piace, soprattutto quando con questo matrimonio le si presenta la possibilità di cambiare la sua vita, la sua vita poco allegra, monotona, oziosa, mentre la gioventù passa e per il futuro non si prevede niente di più brillante, rifiutare in queste circostanze – è una follia, è un capriccio e un colpo di testa, e che per questo Dio può anche punire.

Il padre uscì. Quando il rumore dei suoi passi tacque, lei d'un tratto si fermò davanti a Làptev e disse decisa, e intanto impallidì spaventosamente:

«Ieri ho pensato a lungo, Alekséj Fëdoryč... Accetto la vostra proposta».

Lui si inchinò e le baciò la mano, lei lo baciò goffamente in testa con le labbra fredde. Lui sentiva che in questa dichiarazione d'amore mancava la cosa più importante – l'amore di lei, e c'era molto di superfluo, e gli venne voglia di gridare, di correre via, di partire immediatamente per Mosca, ma lei gli stava vicino, gli pareva così bella, e la passione d'un tratto s'impadronì di lui, si rese conto che ormai era tardi per ragionare, l'abbracciò appassionatamente, la strinse al petto e, borbottando delle parole, dandole del tu, le baciò il collo, poi la guancia, in testa...

Lei si allontanò verso la finestra, temendo queste tenerezze, ed erano già tutti e due pentiti di essersi dichiarati, e tutti e due si domandavano imbarazzati: "Ma perché è successo?".

«Se sapeste quanto sono infelice!» disse lei, stringendo le mani.

«Cosa vi succede?» chiese lui andandole vicino e stringendo anche lui le mani. «Mia cara, per amor del cielo, parlate – cosa c'è? Ma solo la verità, vi scongiuro, solo la pura verità!»

«Non fateci caso» disse lei e fece un sorriso sforzato. «Ve lo prometto, sarò una moglie fedele, devota... Venite stasera».

Dopo, seduto dalla sorella e leggendo il romanzo storico, gli veniva in mente tutto questo, e trovava offensivo che al suo sentimento meraviglioso, puro, generoso, la risposta fosse così flebile; non lo amavano, ma la sua proposta è stata accettata, verosimilmente solo perché è ricco, di lui quindi avevano preferito quello che lui apprezzava meno di tutto. Si può presumere che Ûliâ, pura e credente in Dio, non abbia mai pensato ai soldi, ma comunque non lo amava, non lo amava, ed è evidente che aveva un tornaconto, anche se forse non del tutto consapevole, confuso, ma pur sempre un tornaconto. La casa del dottore lo ripugnava per il suo arredamento piccoloborghese, il dottore stesso gli si presentava come un penoso, grasso spilorcio, una specie di Gaspare dell'operetta *Le campane di Corneville*[10], lo stesso nome Ûliâ gli suonava già volgare. Si immaginava lui e la sua Ûliâ andare a farsi incoronare sposi, in sostanza del tutto sconosciuti l'uno all'altra, senza una goccia di sentimento da parte di lei, come se li avesse fidanzati una mezzana, e adesso gli restava soltanto una consolazione, altrettanto banale come questo matrimonio, la consolazione di non essere né il primo né l'ultimo, che così si sposano migliaia di persone e che Ûliâ, con il tempo, quando l'avesse conosciuto meglio, forse, allora, l'avrebbe amato.

«Romeo e Ûliâ!» disse, chiudendo il libro, e si mise a ridere. «Io, Nina, sono Romeo. Puoi congratularti con me, oggi ho fatto la proposta a Ûliâ Belàvina».

Nina Fëdorovna pensò che stesse scherzando, ma poi capì che era vero e si mise a piangere. Questa notizia le dispiacque.

«Beh, mi congratulo» disse. «Ma come mai così all'improvviso?»

«No, non è all'improvviso. Va avanti da marzo, solo che tu non ti accorgi di nulla... Mi sono innamorato ancora in marzo, quando l'ho conosciuta proprio qui, in camera tua».

«E io che pensavo che sposassi una moscovita come noi» disse Nina Fëdorovna dopo un po' di

---

[10] *Les cloches de Corneville,* opera di Robert Planquette (1877).

silenzio. «Le ragazze della nostra cerchia sono più semplici. Ma l'importante, Alëša, è che tu sia felice, questa è la cosa più importante. Il mio Grigórij Nikolàič non mi amava e, non c'è niente da nascondere, lo vedi come viviamo. Certo, qualunque donna ti può amare per la tua bontà e per la tua intelligenza, ma è chiaro che Ûličkâ[11] è istruita e nobile, intelligenza e bontà non le bastano. Lei è giovane, mentre tu, Alëša, non sei più giovane e neanche bello».

Per addolcire le ultime parole gli fece una carezza sulla guancia e disse:

«Non sei bello, ma sei così buono».

Si agitò, tanto che sulle guance le venne perfino un lieve rossore, e parlava con trasporto del fatto se fosse il caso di benedire Alëša con l'icona; perché lei è la sorella maggiore e gli fa anche da madre; e continuava a cercare di convincere come poteva il suo malinconico fratello che le nozze vanno celebrate come si deve, con solennità e allegria, perché la gente non pensasse male.

Da allora lui si mise ad andare dai Belàvin, come fidanzato, tre, quattro volte al giorno, e non aveva più il tempo di dare il cambio a Sàša e di leggere il romanzo storico. Ûliâ lo riceveva nelle sue due camere, lontano dal salotto degli ospiti e dallo studio del padre, e queste gli piacevano molto. Qui le pareti erano scure e in un angolo c'era la

---

[11] Vezzeggiativo di Ûliâ.

vetrina delle icone; c'era odore di profumo buono e di olio di lampada. Lei viveva nelle stanze più lontane, il letto e la toilette erano separati da paraventi e gli sportelli della libreria erano coperti all'interno da una tendina verde, e nelle sue stanze lei camminava sui tappeti, tanto che i suoi passi non si sentivano affatto, – e da ciò concluse che avesse un carattere riservato e che amasse una vita silenziosa, tranquilla, chiusa. In casa era ancora nella condizione di minorenne, non disponeva di denaro suo, e capitava che, quando uscivano a passeggio, rimanesse imbarazzata perché non aveva con sé nemmeno un copeco. Per i vestiti e i libri suo padre le dava qualcosa, non più di cento rubli l'anno. E di soldi ne aveva sì e no anche il dottore, nonostante la buona attività privata. Ogni sera al club giocava a carte e perdeva sempre. Inoltre comprava case da una società di mutuo credito, tutte ipotecate, e le dava in affitto; gli inquilini lo pagavano irregolarmente, ma lui assicurava che queste operazioni immobiliari erano molto convenienti. La sua casa, nella quale abitava con la figlia, l'aveva impegnata e con i soldi aveva comprato un terreno incolto, e aveva già cominciato a costruirci una grande casa a due piani, per poi ipotecarla.

Làptev adesso viveva nella nebbia, come se non fosse lui, ma un suo sosia, e faceva molte cose che prima non si sarebbe deciso a fare. Due o tre volte andò con il dottore al circolo, cenò con lui e gli offrì spontaneamente dei soldi per la costruzione della casa; andava perfino a trovare Panaùrov nel suo altro appartamento. Un giorno Panaùrov lo invitò a pranzo a casa sua e Làptev, senza pensarci, accettò. Gli si fece incontro una signora sui trentacinque anni, alta e magra, leggermente brizzolata e con le sopracciglia nere, evidentemente non russa. In faccia aveva chiazze bianche di cipria, fece un sorriso sdolcinato e gli strinse la mano con impeto, tanto che i braccialetti tintinnarono sulle sue braccia bianche. A Làptev parve che sorridesse in quel modo perché voleva nascondere agli altri e a sé stessa che era infelice. Vide anche due bambine, di cinque e di tre anni, che assomigliavano a Sàša. A pranzo fu servita una minestra al latte, vitello freddo con carote e una cioccolata – era dolciastro e insipido, ma in compenso sulla tavola scintillavano forchettine d'oro, bottigliette di soia e di pepe di Caienna, una salsiera straordinariamente ornata, una pepaiola d'oro.

Solo dopo aver mangiato la minestra al latte, Làptev si rese conto che in sostanza era fuori luogo venire qui a pranzo. La signora era imbarazzata, sorrideva di continuo mostrando i denti, Panaùrov dava una spiegazione scientifica dell'innamoramento e delle sue cause.

«Siamo in presenza di un fenomeno elettrico» diceva in francese rivolgendosi alla donna. «Nella pelle di ogni individuo sono sistemate microscopiche ghiandoline che contengono corrente. Se voi vi incontrate con un individuo che ha una corrente parallela alla vostra, eccovi l'amore».

Quando Làptev tornò a casa e la sorella gli domandò dove fosse stato, si sentì a disagio e non rispose nulla.

Per tutto il periodo prima delle nozze si sentiva in una situazione falsa. Il suo amore diventava ogni giorno più forte e Ûliâ gli sembrava poetica ed elevata, ma comunque l'amore non era corrisposto, e la sostanza era che lui comprava e lei si vendeva. A volte, pensandoci bene, arrivava semplicemente alla disperazione e si domandava: non è il caso di fuggire? Ormai non dormiva per tutta la notte e continuava a pensare che dopo le nozze avrebbe incontrato a Mosca la signora che nelle lettere agli amici chiamava "persona", e all'atteggiamento di suo padre e di suo fratello, persone pesanti, verso il suo matrimonio con Ûliâ. Temeva che il padre fin dal primo incontro dicesse a Ûliâ qualche scortesia. E con il fratello Fëdor negli ultimi tempi capitavano cose strane. Nelle lunghe lettere scriveva dell'importanza della salute, dell'influenza delle malattie sulle condizioni psichiche, su cos'è la religione, ma nemmeno una parola su Mosca e sugli affari. Queste lettere indispettivano Làptev e gli pareva che il carattere del fratello stesse peggiorando.

Le nozze furono in settembre.

L'incoronazione[12] avvenne nella chiesa di Pietro e
Paolo, dopo la funzione, e quello stesso giorno i
giovani partirono per Mosca. Quando Làptev e
sua moglie, con un vestito nero con lo strascico,
d'aspetto non più una ragazza, ma una vera
signora, salutarono Nina Fëdorovna, la faccia
dell'ammalata si contorse, ma dai suoi occhi
asciutti non scorse nemmeno una lacrima. Disse:

«Se, che Dio non voglia, dovessi morire,
prendete le mie bambine con voi».

«Oh, ve lo prometto!» rispose Ûliâ
Sergéevna, e anche a lei labbra e palpebre
cominciarono a contrarsi nervosamente.

«Vengo a trovarti in ottobre» disse Làptev
commosso. «Guarisci, mia cara».

Viaggiarono in uno scompartimento
riservato. Tutti e due erano malinconici e a disagio.
Lei stava seduta in un angolo, senza togliersi il
cappello, e fingeva di sonnecchiare, mentre lui se
ne stava sdraiato sul divano di fronte, agitato da
vari pensieri: sul padre, sulla "persona", sul fatto
se il suo appartamento di Mosca sarebbe piaciuto
a Ûliâ. E, guardando la moglie che non lo amava,
pensava abbattuto: "Ma perché è successo?"

V

A Mosca i Làptev commerciavano

---

[12] Secondo il rito ortodosso la sposa e lo sposo
vengono incoronati.

all'ingrosso in articoli da merceria: frange, nastri, ornamenti, cotone da cucito, bottoni e via dicendo. L'incasso lordo giungeva a due milioni all'anno; quale fosse il guadagno netto non lo sapeva nessuno, tranne il vecchio. I figli e i commessi calcolavano questo guadagno intorno ai trecentomila rubli e dicevano che sarebbe stato maggiore di centomila se il vecchio "non avesse fatto sprechi", cioè non avesse venduto a credito indiscriminatamente; negli ultimi dieci anni di sole cambiali inesigibili se ne erano accumulate per quasi un milione, e il capocommesso, quando si parlava di questo, strizzava l'occhio con l'aria furba e diceva parole il cui significato non era a tutti chiaro:

«Strascichi psicologici del secolo».

Le operazioni commerciali più importanti si facevano al mercato cittadino, in un locale chiamato «granaio». Vi si entrava dal cortile, dove c'era sempre poca luce, c'era odore di stuoie e i cavalli da tiro battevano gli zoccoli sull'asfalto. La porta, di aspetto molto modesto, rivestita di ferro, portava dal cortile in una stanza dalle pareti scurite dall'umidità, scarabocchiate con il carbone, e illuminata da una finestra stretta con una grata di ferro, poi a sinistra c'era un'altra stanza, più grande e più pulita, con una stufa in ghisa e due tavoli, ma anch'essa con una finestra da prigione: era l'ufficio, e da qui una stretta scala di pietra conduceva al primo piano, dove si trovava il locale principale. Era una stanza abbastanza grande, ma,

a causa della costante penombra, del soffitto basso
e del poco spazio libero dalle casse, dalle balle e
dalla gente che andava e veniva, a chi la vedeva per
la prima volta faceva la stessa brutta impressione
delle due stanze da basso. Disopra e anche
nell'ufficio la merce giaceva sugli scaffali in pile,
pacchi e scatole di cartone, nella loro disposizione
non si vedeva né ordine né bellezza, e se qua e là
dai buchi degli involti di carta non fossero sbucati
ora dei fili color papavero, ora un fiocco, ora
l'estremità di una frangia, non si sarebbe potuto
indovinare subito in cosa commerciassero. E a
guardare questi involti di carta sgualcita e le scatole
non si poteva credere che con simili sciocchezze si
guadagnassero milioni e che qui nel granaio ogni
giorno fossero occupate cinquanta persone, senza
contare i clienti.

Quando il giorno dopo il suo arrivo a
Mosca, a mezzogiorno, Làptev arrivò al granaio, i
trasportatori, nell'imballare la merce, battevano
così forte sulle casse che nella prima stanza e
nell'ufficio nessuno lo sentì entrare; dalla scala
stava scendendo il postino, che lui conosceva, con
un pacco di lettere in mano e faceva smorfie per il
rumore, e nemmeno lui lo notò. Il primo che gli
andò incontro disopra fu suo fratello Fëdor
Fëdoryč, che gli assomigliava al punto che li
consideravano gemelli. Questa somiglianza
ricordava di continuo a Làptev il proprio aspetto, e
ora, vedendo davanti a sé un uomo di bassa
statura, con le guance rosse, pochi capelli in testa,

dai fianchi magri, non aristocratici, dall'aria così poco interessante e poco intellettuale, si domandò: "Possibile che sia così anch'io?".

«Come sono contento di vederti!» esclamò Fëdor, baciando il fratello e stringendogli forte la mano. «Ti aspettavo con impazienza ogni giorno, mio caro. Non appena hai scritto che ti sposavi, ho incominciato a tormentarmi dalla curiosità, e poi mi mancavi, fratello. Giudica tu, non ci vediamo da sei mesi. Beh, com'è? Come va? Sta male Nina? Molto?»

«Molto male».

«È la volontà di Dio» sospirò Fëdor. «Beh, e tua moglie? Sarà bella, eh? Le voglio già bene, perché diventa mia sorella. La vizieremo insieme».

Comparve la schiena larga, curva, ben nota a Làptev di suo padre, Fëdor Stepànyč. Il vecchio era seduto al bancone su uno sgabello e parlava con un cliente.

«Papà, Dio ci ha mandato una gioia!» gridò Fëdor. «È arrivato mio fratello!»

Fëdor Stepànyč era alto e di costituzione straordinariamente robusta, cosicché, nonostante i suoi ottant'anni e le rughe, aveva tuttora l'aria di un uomo sano, forte. Parlava con una voce di basso grave, profonda, ronzante, che gli usciva dall'ampio torace come da una botte. Non portava la barba, aveva baffetti regolati da soldato e fumava il sigaro. Dato che gli sembrava sempre che facesse caldo, nel granaio e a casa in qualunque stagione girava con un'ampia giacca di tela. Da poco lo avevano operato di cataratta, vedeva male e non si occupava più degli affari, ma conversava solamente e beveva tè con la marmellata.

Làptev si chinò e gli baciò la mano, poi le labbra.

«È un pezzetto che non ci vediamo, egregio signore» disse il vecchio. «È un pezzetto. Beh, vuoi che mi congratuli per il tuo matrimonio? E sia, mi congratulo».

E atteggiò le labbra per ricevere un bacio. Làptev si chinò e lo baciò.

«Allora, hai portato la tua *bàryšnâ*[13]?» chiese il vecchio e, senza aspettare la risposta, disse, rivolto al cliente: «Con la presente vi rendo noto, paparino, che mi sposo con la tal ragazza. Già. E che al paparino si chieda benedizione e consiglio, non è nelle regole. Ora fanno di testa loro. Quando mi sono sposato io, avevo più di quarant'anni, ma mi sono buttato ai piedi di mio padre e gli ho chiesto consiglio. Ora non usa più».

Il vecchio si rallegrava per il figlio, ma riteneva maleducato coccolarlo ed esprimere la propria gioia. La sua voce, il modo di parlare e la parola «bàryšnâ» misero Làptev di cattivo umore, come ogni volta che si trovava nel granaio. Qui ogni inezia gli ricordava il passato, quando lo frustavano e lo tenevano a cibo di magro; sapeva che anche adesso i bambini venivano frustati e

---

[13] Signorina.

picchiati sul naso a sangue, e che quando questi bambini fossero cresciuti, avrebbero picchiato a loro volta. E gli bastava passare cinque minuti nel granaio che cominciava a sembrargli che lo insultassero e lo picchiassero sul naso.

Fëdor diede al cliente una pacca sulla spalla e disse al fratello:

«Ecco, Alëša, ti presento il nostro padre di famiglia di Tambòv, Grigórij Timoféič. Può servire da esempio per la gioventù moderna: ha passato i cinquanta e ha ancora figli lattanti».

I commessi sorrisero e il cliente, un vecchio magro con la faccia pallida, sorrise anche lui.

«Una natura superiore alla norma» notò il capocommesso, che stava lì dietro al bancone. «Se lì è entrato, da lì deve anche uscire».

Il capocommesso, alto, sui cinquanta, con la barba scura, gli occhiali e una matita dietro l'orecchio, esprimeva di solito i propri pensieri in modo poco chiaro, con vaghe allusioni, e dal suo sorriso furbo si capiva che alle sue parole attribuiva un senso speciale, sottile. Amava rendere meno chiari i propri discorsi con parole libresche che lui intendeva a modo suo, e molte parole normali spesso le usava con un senso diverso da quello comune. Per esempio la parola *krome*[14]. Quando esprimeva in modo categorico un suo pensiero e non voleva essere contraddetto, protendeva dinanzi a sé la mano destra e diceva:

---

[14] Fuorché, tranne.

«Krome!»

E la cosa più stupefacente era che gli altri commessi e i clienti lo capivano alla perfezione. Si chiamava Ivàn Vasìl'ič Počàtkin, ed era nativo di Kašira. Ora, congratulandosi con Làptev, si espresse così:

«Da parte vostra è un merito di coraggio, poiché il cuore femminile è uno Šamìl'».

Un altro personaggio importante nel granaio era il commesso Makéičev, un biondo pieno, robusto, con il cocuzzolo calvo e le fedine. Si avvicinò a Làptev e si congratulò con lui rispettosamente, a mezza voce:

«Ho l'onore, signore... Il Signore ha ascoltato le preghiere del vostro genitore, signore. Grazie al cielo, signore».

Poi cominciarono ad avvicinarsi altri commessi e si congratularono per il matrimonio. Erano tutti vestiti alla moda e avevano l'aria di persone molto perbene, istruite. Pronunciavano la "o" non accentata come o[15] e la "r" la pronunciavano come la "g" latina; dato che ogni due parole aggiungevano la "s"[16], le loro congratulazioni pronunciate in fretta, per esempio la frase: *«želaù vam-s vsego horošego-s»*[17] suonava come una frustata nell'aria – «žvyss».

---

[15] Anziché aperta quasi come una a.

[16] Abbreviazione di *sudar'*, «signore», per deferenza.

[17] Vi auguro ogni bene.

Presto tutto ciò annoiò Làptev e aveva voglia di essere a casa, ma era a disagio ad andarsene. La buona educazione esigeva che si fermasse nel granaio almeno due ore. Si allontanò dal bancone e si mise a chiedere a Makéičev se l'estate fosse trascorsa bene e se ci fosse qualche novità, e quello gli rispondeva rispettosamente, senza guardarlo negli occhi. Un garzone con i capelli corti e una blusa grigia servì a Làptev un bicchiere di tè senza piattino; poco dopo un altro garzone, passandogli accanto, inciampò in una cassa e per poco non cadde, e l'imponente Makéičev d'un tratto fece una faccia spaventata, cattiva, una faccia da mostro, e gli gridò:
«Cammina con le gambe!»
I commessi erano contenti che il giovane padrone si fosse sposato e fosse finalmente venuto; gli lanciavano occhiate di curiosità e di gentilezza e ognuno, passandogli accanto, si sentiva in dovere di dirgli rispettosamente qualcosa di piacevole. Ma Làptev era convinto che tutto questo non fosse sincero e che lo adulassero perché avevano paura di lui. Non poteva in alcun modo dimenticare che una quindicina di anni prima un commesso, in preda a una malattia psichica, era corso in strada con la sola biancheria addosso, a piedi nudi e, minacciando con il pugno le finestre del padrone, aveva urlato di essere stato torturato; quando poi guarì, per molto tempo avevano riso di quel poveretto, e gli ricordavano che aveva gridato ai

padroni «fruttatori!» invece di «sfruttatori!» Nel complesso dai Làptev gli impiegati se la passavano molto male, e ne parlavano da tempo in tutto il mercato. Il peggio era che, nei rapporti con loro, il vecchio Fëdor Stepànyč si atteneva a una specie di politica di tipo asiatico. Così nessuno sapeva che stipendio ricevevano i suoi preferiti Počàtkin e Makéičev; ricevevano tremila rubli all'anno, gratifiche comprese, non di più, ma lui faceva finta di dargliene settemila; le gratifiche venivano distribuite ogni anno a tutti i commessi, ma in segreto, di modo che chi aveva ricevuto poco doveva dire per amor proprio di aver ricevuto molto; nessun garzone sapeva quando sarebbe stato promosso commesso; nessun dipendente sapeva se il padrone era contento di lui. Nulla veniva vietato esplicitamente ai commessi, e quindi non sapevano che cosa fosse permesso e cosa no. Non avevano il divieto di sposarsi, ma non si sposavano, temendo con il loro matrimonio di dispiacere al padrone e di perdere il posto. Era loro permesso avere amici e andarli a trovare, ma alle nove di sera veniva chiuso il portone e ogni mattina il padrone osservava sospettosamente tutti i dipendenti e sentiva se qualcuno sapeva di vodka: «Forza, fammi sentire l'alito!»

A ogni festa i dipendenti erano tenuti ad andare alla funzione del primo mattino e a prendere posto in chiesa in modo che il padrone li vedesse tutti. I giorni di magro venivano rispettati con rigore. Nei giorni solenni, per esempio per l'onomastico del padrone o dei suoi famigliari, i commessi dovevano fare una colletta e portare una torta di Flej[18] oppure un album. Abitavano al pianterreno della casa di via Pâtnickaâ e in un padiglione, in tre o quattro per stanza, e a pranzo mangiavano direttamente dalla zuppiera comune anche se ognuno aveva un piatto davanti. Se qualcuno dei padroni entrava da loro durante il pranzo, si alzavano tutti.

Làptev si rendeva conto che forse soltanto quelli rovinati dall'educazione del vecchio potevano considerarlo un benefattore sul serio mentre gli altri vedevano in lui un nemico e un "fruttatore". Ora, dopo un'assenza di sei mesi, non vedeva cambiamenti in meglio; anzi, c'era qualcosa di nuovo che non preannunciava nulla di buono. Il fratello Fëdor, che una volta era tranquillo, riflessivo e molto delicato, adesso, con l'aria molto occupata e attiva, con una matita dietro l'orecchio, correva per il granaio, dando pacche sulle spalle ai clienti e gridava ai commessi: «Amici!». Evidentemente recitava una parte, e in questa nuova parte Alekséj non lo riconosceva.

La voce del vecchio ronzava senza interruzione. Dato che non aveva niente da fare, predicava al cliente come bisogna vivere e condurre i propri affari, e portava sempre a esempio sé stesso.

---

[18] Rinomata pasticceria moscovita sita sul Kuzneckij most.

Queste vanterie, questo suo tono autoritario, opprimente, Làptev lo sentiva anche dieci, e quindici, e vent'anni prima. Il vecchio adorava sé stesso; dalle sue parole veniva sempre fuori che aveva reso felici la sua defunta moglie e i parenti di lei, aveva ricompensato i figli, aveva fatto del bene a commessi e aveva fatto sì che tutta la via e tutti i conoscenti pregassero in eterno Dio per lui; qualunque cosa avesse fatto era ottima, e se gli affari degli altri andavano male era solo perché non volevano chiedergli consiglio; senza il suo consiglio nessun affare poteva riuscire. In chiesa si metteva sempre davanti a tutti e faceva addirittura delle osservazioni ai popi quando questi, secondo lui, non officiavano a dovere, e pensava che Dio approvasse, dato che Dio lo amava.

Verso le due nel granaio erano già tutti presi dal lavoro eccetto il vecchio, che continuava a ronzare. Làptev, per non restare senza far niente, prese dalle mani di una commessa una guarnizione e la lasciò andare, poi si mise ad ascoltare il cliente, un mercante di Vólogda, e ordinò a un commesso di occuparsene.

«*Tverdo, vedi, az!*» si sentiva da tutte le parti (nel granaio si contrassegnavano con le lettere dell'alfabeto i prezzi e i numeri delle merci). «*Rcy, iže, tverdo!*»

Andandosene, Làptev salutò soltanto Fëdor.

«Domani verrò con mia moglie in via Pâtnickaâ,» disse «ma, ti avviso, se papà le dirà anche una sola parola sgarbata, non ci resterò un minuto di più».

«Sei sempre il solito» sospirò Fëdor. «Ti sei sposato, ma non sei cambiato. Fratello, bisogna essere indulgenti con il vecchio. Allora, domani verso le undici. Vi aspetteremo con impazienza. Vieni subito dopo la funzione del mattino».

«Io alla funzione del mattino non ci vado».

«Beh, è lo stesso. L'importante è che non sia dopo le undici, per avere il tempo e di pregare Dio e di mangiare insieme. Salutami la cognata e baciale la mano. Ho il presentimento che le vorrò bene» aggiunse Fëdor in tutta sincerità. «Ti invidio, fratello!» gridò poi, mentre Alekséj stava già scendendo disotto.

"Ma perché tiene sempre la testa infossata nelle spalle vergognoso, come se gli sembrasse di essere nudo?" pensava Làptev camminando per la Nikól'skaâ e sforzandosi di capire il cambiamento avvenuto in Fëdor. "Anche il suo linguaggio è nuovo: 'fratello', 'caro fratello', 'Dio ci ha mandato una gioia', 'preghiamo Dio' – sembra Giuda di Ŝedrìn[19].

---

[19] Personaggio del celebre romanzo *I signori Golovlëv* di M. E. Saltykóv-Ŝedrìn (1826-1888).

VI

Il giorno dopo, domenica, alle undici, passava già con la moglie per via Pâtnickaâ, in una carrozza leggera, con un solo cavallo. Temeva da parte di Fëdor Stepànyč una qualche uscita sgradevole, e già in anticipo gli dava fastidio. Dopo due notti trascorse nella casa del marito, Ûliâ Sergéevna ormai considerava il proprio matrimonio un errore, una disgrazia, e se le fosse toccato vivere con il marito non a Mosca, ma in qualche altra città, non avrebbe sopportato, le sembrava, questo orrore. Mosca invece la distraeva, le vie, le case e le chiese le piacevano molto, e se fosse stato possibile girare per Mosca su questa bellissima slitta, con i cavalli costosi, girare per tutto il giorno, dal mattino alla sera, e a gran velocità respirare l'aria fredda dell'autunno, allora, magari, non si sarebbe sentita così infelice.

Accanto alla casa a due piani bianca, intonacata da poco il cocchiere trattenne il cavallo e cominciò a girare a destra. Qui stavano già aspettando. Vicino al cancello c'erano il portiere con un caftano nuovo, stivali alti e galosce, e due vigili urbani; tutto lo spazio dal centro della strada fino al cancello e poi nel cortile fino al *kryl'có* era stato cosparso di sabbia fresca. Il custode si tolse il cappello, i vigili urbani portarono la mano alla visiera. Accanto al *kryl'có* li aspettava Fëdor con la faccia molto seria.

«Molto lieto di fare la vostra conoscenza, cognata» disse, baciando la mano a Ûliâ. «Benvenuta».

La condusse sottobraccio su per le scale, poi lungo il corridoio attraverso una folla di uomini e donne. Anche in anticamera si stava stretti, c'era odore di incenso.

«Adesso vi presenterò a nostro padre» sussurrò Fëdor in mezzo al solenne silenzio di tomba. «Un venerando vecchietto, il *pater familias*».

Nella grande sala intorno al tavolo preparato per la preghiera erano, evidentemente in attesa, Fëdor Stepànyč, il pope con la *kamilavka*[20] e il diacono. Il vecchio porse a Ûliâ la mano e non disse nemmeno una parola. Tutti tacevano. Ûliâ era imbarazzata.

Il pope e il diacono cominciarono a vestirsi. Portarono il kadilo[21], dal quale cadevano scintille e veniva odore di incenso e di carbone. Accesero le candele. I commessi entrarono in sala in punta di piedi e si disposero lungo la parete su due file. C'era silenzio, nessuno osava nemmeno tossire.

«Benedici, Onnipotente» cominciò il diacono.

La preghiera fu celebrata con solennità, senza omettere nulla, e lessero due akafisti[22]: a Gesù dolcissimo e alla Santissima Madre di Dio. I

---

[20] Cilindro senza falda dei monaci ortodossi.

[21] Incensiere.

[22] Lode a un santo, un evento liturgico o una persona della Trinità.

cantori cantarono solo lo spartito, molto a lungo. Làptev aveva notato che prima sua moglie era imbarazzata; finché leggevano gli akafisti e i cantori in tonalità diverse intonavano il triplo «Signore, abbi pietà», lui aspettava con tensione mentale che da un momento all'altro il vecchio si girasse e facesse qualche osservazione, del tipo: «Non sapete farvi il segno della croce»; e gli faceva rabbia: a cosa serve questa folla, a cosa serve questa cerimonia con popi e cantori? Era troppo da mercanti. Ma quando lei insieme al vecchio chinò la testa sotto il Vangelo e poi si inginocchiò alcune volte, lui capì che tutto questo le piaceva, e si tranquillizzò.

Alla fine della funzione, durante la preghiera di lunga vita, il pope porse al vecchio e ad Alekséj la croce da baciare, ma quando si avvicinò Ûliâ Sergéevna coprì la croce con una mano, e fece capire che desiderava parlare. Fecero segno ai cantori di tacere.

«Il profeta Samuele» cominciò il sacerdote «giunse a Betlemme per volere del Signore, e qui gli anziani della città lo interrogarono con trepidazione: "È un ingresso di pace il tuo, o illuminato?". E parlò il profeta: "Di pace, perché sono venuto a sacrificare al Signore, santificatevi e rallegratevi oggi con me". Dovremo forse anche noi, serva di Dio Ûliâ, chiedere se la tua venuta in questa casa sia segno di pace?...»

Ûliâ si fece tutta rossa per l'agitazione. Quando ebbe terminato, il pope le porse la croce da baciare e disse in tutt'altro tono:
«Adesso bisogna dar moglie a Fëdor Fëdoryč. È ora!»
I cantori ripresero a cantare, la gente si mosse e ci fu rumore. Il vecchio commosso, con gli occhi pieni di lacrime, baciò Ûliâ tre volte, le fece il segno della croce sulla faccia e disse:
«Questa casa è vostra. Io, vecchio, non ho bisogno di niente».
I commessi si congratulavano e parlavano, ma i cantori cantavano così forte che non si riusciva a sentire niente. Poi mangiarono e bevvero champagne. Lei stava seduta accanto al vecchio, e lui le diceva che vivere per conto proprio non è bene, bisogna vivere insieme, nella stessa casa, e separazioni e disaccordi portano alla rovina.
«Io ho messo via, invece i miei figli spendono» diceva. «Ora vivete in casa mia e mettete da parte. Per me, vecchio, è ora di riposare».
Davanti agli occhi di Ûliâ capitava di continuo Fëdor, molto somigliante al marito, ma più vivace e più timido; si dava da fare e le baciava spesso la mano.
«Noi, cara cognata, siamo gente semplice» diceva, e intanto sulla faccia gli venivano chiazze rosse. «Facciamo una vita semplice, alla russa, da cristiani, cara cognata».
Mentre tornavano a casa, Làptev, molto contento che tutto fosse andato bene e nonostante le

aspettative non fosse successo nulla di particolare, disse alla moglie:

«Ti meravigli che un padre robusto, con le spalle larghe, abbia dei figli così bassi, emaciati come Fëdor e me. Ma invece è comprensibilissimo! Mio padre ha sposato mia madre all'età di quarantacinque anni, mentre lei ne aveva soltanto diciassette. Lei impallidiva e tremava in sua presenza. «Nina è nata per prima, è nata da una madre relativamente sana, e quindi è venuta più forte e migliore di noi; Fëdor e io, invece, siamo stati concepiti e partoriti quando nostra madre era già sfinita dalla continua paura. Ricordo che mio padre ha cominciato a insegnarmi, o per meglio dire, a picchiarmi, quando non avevo ancora cinque anni. Mi frustava con i ramoscelli, mi tirava le orecchie, mi picchiava in testa, e io, svegliandomi, ogni mattino prima di tutto pensavo: oggi mi picchieranno? Giocare e divertirci era proibito a me e a Fëdor; dovevamo andare alle funzioni del mattino e del giorno, baciare la mano ai popi e ai monaci, a casa recitare gli akafisti. Tu sei religiosa e tutte queste cose ti piacciono, ma io ho paura della religione e, quando passo accanto a una chiesa, mi viene in mente l'infanzia e prendo paura. Quando avevo otto anni, mi hanno preso nel granaio dove lavoravo come semplice garzone ed è stata una sventura, perché mi picchiavano quasi ogni giorno. Dopo, quando mi hanno mandato al ginnasio, studiavo fino all'ora di pranzo, e fino a

sera dovevo starmene ancora nel granaio, e così
fino a ventidue anni, finché all'università non ho
conosciuto Ârcev, che mi ha convinto ad
andarmene da casa. Questo Ârcev mi ha fatto
molto bene. Sai una cosa?» disse Làptev e sorrise
di piacere «andiamo a fare una visita a Ârcev. È
una persona nobilissima! Sarà commosso!»

VII

Un sabato di novembre al teatro sinfonico
dirigeva Antón Rubinštéjn. Si stava stretti e
faceva caldo. Làptev era in piedi dietro le
colonne, mentre sua moglie e Kóstâ Kočevój
erano seduti molto più avanti, in terza o in quarta
fila. Proprio all'inizio dell'intervallo gli passò
accanto in modo del tutto inatteso la "persona",
Polìna Nikolàevna Rassùdina. Dopo il
matrimonio lui aveva pensato spesso con ansia a
un possibile incontro con lei. Ora, quando lo
guardò apertamente dritto in faccia, gli venne in
mente che non si era ancora deciso a darle una
spiegazione o a scriverle amichevolmente almeno
due o tre righe, come se si nascondesse da lei; se
ne vergognò e arrossì. Lei gli strinse la mano
forte, con impeto e gli domandò:
«Avete visto Ârcev?»
E senza attendere una risposta andò oltre veloce
a lunghi passi, come se qualcuno la spingesse da
dietro.

Era molto magra e brutta, con il naso lungo, aveva la faccia sempre estenuata, tormentata, e sembrava che le costasse sforzi enormi tenere gli occhi aperti e non cadere. Aveva degli splendidi occhi scuri e un'espressione intelligente, buona, sincera, ma movimenti angolosi, bruschi. Parlare con lei non era facile, perché non sapeva ascoltare e parlare tranquillamente. E amarla era pesante. Rimanendo sola con Làptev, capitava che ridesse a lungo, coprendosi la faccia con le mani, e assicurava che l'amore per lei non è la cosa più importante nella vita, poi faceva la vezzosa, come una diciassettenne, e prima di baciarla bisognava spegnere tutte le candele. Aveva già trent'anni. Era sposata con un insegnante, ma da un pezzo non viveva con il marito. I mezzi per vivere li ricavava dando lezioni di musica e suonando in un quartetto.

Durante la nona sinfonia gli passò accanto di nuovo, come per caso, ma la folla di uomini che stava dietro le colonne come una spessa parete non la lasciò proseguire e si fermò. Làptev le vide addosso la stessa camicetta di velluto che metteva ai concerti l'anno precedente e due anni prima. I guanti erano nuovi e anche il ventaglio era nuovo, ma di poco prezzo. Le piaceva vestirsi bene, ma non ne era capace e le pesava spendere in vestiti, e si vestiva male e in modo trascurato, tanto che quando, come al solito, camminava per strada a passi lunghi e affrettati per andare a lezione la si poteva facilmente scambiare per un giovane novizio.

Il pubblico applaudì e gridava «bis».

«Oggi passerete la serata con me» disse Polìna Nikolàevna avvicinandosi a Làptev e guardandolo severa. «Da qui andremo insieme a bere un tè. Sentite? Lo esigo. Mi dovete molto e non avete il diritto morale di negarmi questa inezia».

«Va bene, andiamo» acconsentì Làptev.

Dopo il concerto cominciarono gli interminabili rientri in scena. Il pubblico si alzava dai propri posti e usciva con estrema lentezza, ma Làptev non poteva andar via senza dir nulla a sua moglie. Dovette fermarsi sulla porta ad aspettare.

«Ho una voglia tremenda di tè» si lamentava la Rassùdina. «Mi brucia dentro».

«Qui se ne può bere a piacimento» propose Làptev. «Andiamo al buffet».

«Beh, non ho soldi da buttare al buffet. Non sono una commerciante!»

Le diede il braccio, lei rifiutò, pronunciando una frase lunga, estenuante, che le aveva sentito già dire molte volte, e cioè che lei non si considera parte del bel sesso debole e non ha bisogno delle gentilezze dei signori uomini.

Chiacchierando con lui, guardava fra il pubblico e salutava spesso dei conoscenti; erano sue compagne di corso della scuola Guerrier e del Conservatorio, e allievi e allieve. Stringeva loro la mano forte, con impeto, come se la tirasse. Ma ecco si mise a scuotere le spalle e a tremare, come se avesse la febbre, e infine disse piano, guardando Làptev con orrore:

«Chi avete sposato? Dove avevate gli occhi, pazzo che siete? Che cosa avete trovato in questa bambina stupida, insignificante? Perché io vi amavo per la vostra intelligenza, per il vostro cuore, invece a questa bambola di porcellana servono solo i vostri soldi!»

«Lasciamo stare, Polìna» disse lui con voce supplichevole. «Tutto quello che mi potete dire riguardo al mio matrimonio me lo sono già detto anch'io molte volte... Non causatemi un dolore inutile».

Apparve Ûliâ Sergéevna con un vestito nero e una grande spilla di brillanti che le aveva mandato il suocero dopo la preghiera in casa; dietro di lei veniva il suo seguito: Kočevój, due dottori loro conoscenti, un ufficiale e un giovane pienotto con l'uniforme da studente, di cognome Kiš.

«Vai con Kóstâ» disse Làptev alla moglie. «Io verrò più tardi».

Ûliâ annuì e passò oltre. Polìna Nikolàevna la accompagnava con lo sguardo, tremando in tutto il corpo, con contrazioni nervose, e questo suo sguardo era pieno di disgusto, di odio e di dolore. Làptev aveva paura di andare da lei, presentendo una spiegazione spiacevole, male parole e lacrime, e propose di andare a bere il tè in un ristorante. Ma lei disse:

«No, no, andiamo a casa mia. Non osate parlarmi di ristoranti».

Non le piaceva andare nei ristoranti perché l'aria dei ristoranti le pareva avvelenata dal tabacco e dal respiro dei maschi. Era stranamente prevenuta nei confronti di tutti i maschi che non conosceva, li considerava tutti depravati, capaci di saltarle addosso in ogni istante. Inoltre la musica delle trattorie le dava fastidio tanto da farle venire mal di testa.

Uscendo dal Circolo dei Nobili, presero una vettura fino all'Ostóženka, al vicolo Savélovskij, dove abitava la Rassùdina. Per tutta la strada Làptev pensò a lei. Effettivamente le doveva molto. L'aveva conosciuta a casa dell'amico Ârcev, al quale lei insegnava teoria musicale. Lei lo aveva amato con forza, in modo del tutto disinteressato e, mettendosi con lui, continuava ad andare alle lezioni e a lavorare come prima fino a non poterne più. Grazie a lei aveva cominciato a capire e ad amare la musica, verso la quale era prima quasi indifferente.

«Metà del mio regno per un bicchiere di tè!» disse lei con voce sorda, coprendosi la bocca con il manicotto per non raffreddarsi. «Sono stata a cinque lezioni, che il diavolo se le porti! Gli allievi sono così ottusi, così insistenti, per poco non sono morta di rabbia. Non so quando avranno fine questi lavori forzati. Non ne posso più. Non appena ho da parte trecento rubli, lascio tutto e vado in Crimea. Mi sdraierò sulla sabbia a inghiottire ossigeno. Quanto mi piace il mare, ah, quanto mi piace il mare!»

«Voi non andrete da nessuna parte» disse Làptev. «In primo luogo, non risparmierete nulla e, in secondo luogo, siete avara. Scusate, ripeto di nuovo: possibile che mettere insieme questi trecento rubli uno per volta da individui oziosi che studiano con voi musica perché non sanno che fare sia meno umiliante che prenderli in prestito dai vostri amici?»

«Io non ho amici!» disse indispettita. «E vi prego di non dire sciocchezze. La classe operaia, alla quale appartengo, ha un solo privilegio: la coscienza della propria incorruttibilità, il diritto di non accettare prestiti dai mercanti e di disprezzarli. Nossignore, me non mi comprate! Io non sono Ûlička!»

Làptev non tentò di pagare il vetturino, sapendo che avrebbe provocato un intero flusso di parole già sentite tante volte. Pagò lei.

Lei aveva in affitto una piccola stanza con i mobili e il tavolo nell'appartamento di una signora sola. Il suo grande pianoforte a coda Bekker era intanto a casa di Ârcev, sulla Bol'šàâ Nikìtskaâ, e lei andava ogni giorno là a suonare. Nella sua stanza c'erano delle poltrone foderate, un letto con una coperta estiva bianca e dei fiori della padrona di casa, alle pareti erano appese oleografie, e non c'era nulla che facesse pensare che qui abita una donna e una che ha studiato. Non c'erano né toilette né libri e nemmeno una scrivania. Si vedeva che lei andava a letto non appena arrivata a casa e che il mattino, appena alzata, usciva.

La cuoca portò il samovàr. Polina Nikolàevna preparò il tè e, continuando a tremare – nella stanza faceva freddo – cominciò a insultare i cantanti che avevano cantato nella nona sinfonia. Gli occhi le si chiudevano dalla stanchezza. Bevve un bicchiere, poi un secondo, poi un terzo. «Così, siete sposato» disse. «Ma non vi preoccupate, non diventerò acida, riuscirò a strapparvi dal mio cuore. Mi fa solo rabbia e mi amareggia che siate una carogna come tutti gli altri, che voi, nella donna, abbiate bisogno non della mente, non dell'intelletto, ma del corpo, della bellezza, della gioventù... Gioventù!» disse con voce nasale, come facendo il verso a qualcuno, e sorrise. «Gioventù! Voi avete bisogno della purezza, della *Reinheit! Reinheit!*» ridacchiò lei, appoggiandosi allo schienale della poltrona. *«Reinheit!»*

Quando smise di ridere aveva gli occhi di pianto.

«Siete felice, almeno?» gli chiese.

«No».

«Lei vi ama?»

«No».

Làptev, agitato, sentendosi infelice, si alzò e si mise a camminare per la stanza.

«No» ripeté. «Io, Polìna, se volete saperlo, sono molto infelice. Che fare? Ho fatto una sciocchezza, ora non la si può più rimediare.

Bisogna prenderla con filosofia. Lei mi ha sposato senza amore, in modo sciocco, forse anche per calcolo, ma senza ragionare, e ora, evidentemente, riconosce il proprio errore e soffre. Lo vedo. Di notte dormiamo, ma di giorno lei ha paura di restare sola con me anche per cinque minuti e cerca distrazioni, compagnia. Con me si vergogna e ha paura».

«Ma i soldi da voi li prende però?»

«È sciocco, Polìna!» gridò Làptev. «Lei prende i miei soldi perché le è decisamente indifferente averne o meno. È una persona onesta, pura. Mi ha sposato solo perché voleva venir via da suo padre, ecco tutto».

«Ma siete sicuro che lei vi avrebbe sposato se non foste stato ricco?» chiese la Rassùdina.

«Non sono sicuro di nulla» disse Làptev con angoscia. «Di nulla. Non capisco nulla. In nome di Dio, Polìna, non parliamone».

«Voi l'amate?»

«Pazzamente».

Poi ci fu silenzio. Lei beveva il suo quarto bicchiere di tè, e lui camminava e pensava che sua moglie verosimilmente, al club dei dottori, stava cenando.

«Ma si può amare senza sapere perché?» domandò la Rassùdina e si strinse nelle spalle. «No, in voi parla la passione animale! Siete ubriaco! Siete avvelenato da questo bel corpo, da questa *Reinheit!* Andatevene via da me, siete sporco! Andate da lei!»

Gli fece un gesto come per cacciarlo, poi prese il suo cappello e glielo scaraventò addosso. Lui si mise in silenzio la pelliccia e uscì, ma lei corse nell'andito, gli si aggrappò febbrilmente al braccio, vicino alla spalla e scoppiò in singhiozzi.

«Smettetela, Polìna! Basta!» disse e non riusciva affatto a farle mollare la presa. «Calmatevi, vi prego!»

Lei chiuse gli occhi e impallidì, e il suo lungo naso si fece di uno sgradevole color cera, come una morta, e Làptev continuava a non riuscire a farle mollare la presa. Era svenuta. La sollevò con cautela e la depose sul letto e le rimase vicino una decina di minuti, finché si riebbe. Aveva le mani fredde, il polso debole, irregolare.

«Andate a casa» disse, aprendo gli occhi. «Andate via, altrimenti mi metto di nuovo a singhiozzare. Bisogna che mi faccia forza».

Uscendo da lei, non si diresse al club dei dottori, dove lo aspettava la sua compagnia, ma a casa. Per tutta la strada si domandava, rimproverandosi: perché non aveva messo su famiglia con questa donna, che lo amava tanto e che gli era già stata, di fatto, moglie e amica? Era l'unica persona che gli fosse affezionata, e forse, per di più, non sarebbe stato nobile e degno dare felicità, rifugio e pace a questa creatura intelligente, fiera e tormentata dalla fatica? Gli sono congeniali, si domandava, queste pretese di bellezza, gioventù, proprio di quella felicità che non può esistere e che, quasi per castigo o per derisione, lo tiene da tre mesi in uno stato cupo, abbattuto? La luna di miele è passata da un pezzo e lui, ridicolo a dirsi, non sa ancora sua moglie che persona è. Alle sue compagne di università e al padre scrive lettere lunghe su cinque fogli, e di cose da dire ne trova, mentre con lui parla solo del tempo oppure gli dice che è ora di pranzo o di cena. Quando lei prima di addormentarsi prega a lungo e poi bacia croci e icone, lui, guardandola, pensa con odio: "Ecco che prega, ma cosa prega? Cosa?". Mentalmente mortificava lei e sé stesso, dicendo che, andando a letto con lei e prendendola tra le sue braccia, prende quello per cui paga, ma era orripilante; fosse almeno una donna sana, audace, peccatrice, perché invece qui c'è gioventù, religiosità, mansuetudine, occhi innocenti, puri... Quando era la sua fidanzata, la sua religiosità lo commuoveva, ora invece questa conformistica determinatezza di vedute e convinzioni gli sembrava una barriera, oltre la quale non si vedeva la verità effettiva. Nella sua vita famigliare tutto era ormai un tormento. Quando sua moglie, seduta accanto a lui a teatro, sospirava oppure rideva di cuore, era amareggiato che si divertisse da sola e non volesse condividere con lui il proprio entusiasmo. E stupefacente, lei aveva fatto amicizia con tutti i conoscenti di lui, e tutti già sapevano che persona era mentre lui non sapeva niente, era solo imbronciato e soffriva di gelosia in silenzio.

Giunto a casa, Làptev si mise la vestaglia e le pantofole e si sedette nel suo studio a leggere un romanzo. Sua moglie non era in casa. Ma passò non più di mezz'ora che in anticamera suonarono ed echeggiarono sordi i passi di Pëtr che correva ad aprire. Era Ûliâ. Entrò nello studio in pelliccia, con le guance rosse per il gelo.

«Sulla Presnâ c'è un grande incendio» disse, ansimando. «Un bagliore enorme. Ci vado con Konstantìn Ivànyč».

«Vai con Dio!»

L'aria di salute, freschezza e di paura da bambina negli occhi tranquillizzò Làptev. Leggiucchiò ancora una mezz'ora e andò a dormire.

Il giorno seguente Polìna Nikolàevna gli mandò al granaio due libri che tempo addietro aveva preso in prestito da lui, tutte le sue lettere e le sue fotografie; c'era un appunto costituito da una sola parola: "Basta![23]"

VIII

Già alla fine di ottobre Nina Fëdorovna ebbe una chiara ricaduta. Dimagriva rapidamente e cambiava in faccia. Nonostante i forti dolori, immaginava di essere sul punto di guarire, e ogni mattina si vestiva come se stesse bene, e poi restava tutto il giorno a letto vestita. E verso la fine si fece molto loquace. Se ne sta sdraiata sulla

---

[23] In italiano.

schiena e racconta piano, a fatica, con il respiro pesante. Morì all'improvviso e nelle seguenti circostanze.

Era una sera di luna, luminosa, nella via passavano le slitte sulla neve fresca e in camera dalla via arrivava il rumore. Nina Fëdorovna era sdraiata a letto supina e Sàša, a cui ormai nessuno dava più il cambio, le sedeva accanto e sonnecchiava.

«Non ricordo il suo patronimico,» raccontava Nina Fëdorovna piano «ma si chiamava Ivàn, di cognome Kočevój, un povero funzionario. Era un ubriacone terribile, a lui il regno dei cieli. Veniva da noi e ogni mese gli davamo una libbra di zucchero e un pugno di tè. Beh, a volte anche soldi, certo. Sì... Poi succede questo: il nostro Kočevój ha bevuto parecchio ed è morto, sfatto di vodka. È rimasto il suo figlioletto, un bambino sui sette anni. Un orfanello... L'abbiamo preso e nascosto dai commessi, e ha vissuto così un anno intero e papà non lo sapeva. Come lo vede papà, scaccia l'idea con la mano e non dice niente. Quando Kóstâ, l'orfanello, andava per i nove anni – e io allora ero già fidanzata – l'ho portato per tutti i ginnasi. Qua e là, non lo prendono da nessuna parte. E lui piange... "Ma cosa piangi," dico "sciocchino?" L'ho portato al Razgulâj al secondo ginnasio e lì, che Dio conceda loro salute, l'hanno preso... E il bimbo s'è messo ad andare ogni giorno a piedi dalla Pâtnickaâ al Razgulâj, e poi dal Razgulâj alla Pâtnickaâ...

Alëša pagava per lui... Per grazia di Dio il bimbo studia bene, capisce, impara... Ora è avvocato a Mosca, amico di Alëša, e, come lui, uomo di grande scienza. Ecco, non l'abbiamo trascurato, l'abbiamo preso in casa, e lui adesso, mi sa, prega Dio per noi... Sì...»
Nina Fëdorovna parlava sempre più piano, con pause lunghe, poi, dopo un breve silenzio, si alzò improvvisamente a sedere.
«Io non... mi sento come poco bene» disse. «Che il Signore mi perdoni. Ohi, non riesco a respirare!»
Sàša sapeva che la madre doveva morire presto; adesso, vedendo che di colpo la faccia era tirata, capì che era la fine, e si spaventò.
«Mammina, non fare così!» singhiozzò. «Non fare così!»
«Corri in cucina, che vadano a chiamare papà. Mi sento davvero molto male».
Sàša corse per tutte le stanze e chiamò, ma in tutta la casa non c'era nessuno della servitù e solo in sala da pranzo, su un baule, dormiva Lida vestita e senza cuscino. Sàša, com'era, senza galosce corse fuori in cortile, poi sulla via. Accanto al portone, su una panchina, era seduta la nânâ[24] e guardava la gente pattinare. Dal fiume, dove era la pista di pattinaggio, giungeva il suono di una musica militare.

---

[24] Tata, donna che si occupa dei bambini.

«Nânâ, la mamma sta morendo» disse Sàša, singhiozzando. «Bisogna andare a chiamare papà!»

La nânâ andò su nella camera da letto e, data un'occhiata all'ammalata, le mise fra le mani una candela di cera accesa. Sàša orripilata si agitava e supplicava, senza sapere nemmeno lei chi, di andare a chiamare papà, poi si mise il cappotto e lo scialle e corse sulla via. Dai domestici aveva saputo che il padre aveva un'altra moglie e due bambine, con cui viveva in via Bazàrnaâ. Corse a sinistra dal portone, piangendo e impaurita dagli estranei, e presto cominciò ad affondare nella neve e a gelare.

Le andò incontro una carrozza, ma lei non la prese: magari l'avrebbero portata fuori città, derubata e buttata nel cimitero (al tè la domestica l'aveva raccontato: c'era stato un caso del genere). Continuava a camminare, ansimando per lo sfinimento e singhiozzando. Arrivando in via Bazàrnaâ, chiese dove abitasse il signor Panaùrov. Una sconosciuta le diede delle lunghe spiegazioni, e vedendo che non capiva niente, l'accompagnò per mano fino a una casa bassa con l'ingresso coperto. La porta non era chiusa. Sàša entrò correndo nell'andito, poi nel corridoio e finalmente si trovò in una stanza luminosa, calda dove intorno al samovàr era seduto suo padre e con lui una signora e due bambine. Ma non riusciva più a dire nemmeno una parola e singhiozzava soltanto. Panaùrov capì.

«Mi sa, la mamma sta male?» domandò. «Dimmi, bambina: la mamma sta male?»
Lui si allarmò e fece chiamare una carrozza.
Quando arrivarono a casa, Nina Fëdorovna era seduta, sorretta da cuscini, con la candela in mano. La faccia era diventata scura e gli occhi erano già chiusi. In camera da letto c'erano, accalcati accanto alla porta, la nânâ, la cuoca, la cameriera, il mužìk Prokòfij e gente semplice sconosciuta. La nânâ, sussurrando, dava ordini, ma non la capivano. In fondo alla stanza accanto alla finestra c'era Lida pallida, con la faccia assonnata, e da lì guardava tetra la madre.
Panaùrov prese la candela dalle mani di Nina Fëdorovna e, con una smorfia di disgusto, la buttò sul comò.
«È orrendo!» disse, ed ebbe un fremito nelle spalle. «Nina, ti devi sdraiare» disse affettuosamente. «Sdraiati, cara».
Lei lo guardò e non lo riconobbe... La fecero distendere supina.
Quando giunsero il pope e il dottore Sergéj Borìsyč, i domestici stavano già facendosi il segno della croce con devozione e pregavano per lei.
«Che razza di storia!» disse il dottore perplesso, entrando nel salotto degli ospiti. «E sì che era ancora giovane, non aveva nemmeno quarant'anni».

Si sentivano i forti singhiozzi delle bambine. Panaùrov, pallido, con gli occhi umidi, si avvicinò al dottore e disse con voce debole, languida:

«Mio caro, fatemi un favore, mandate un telegramma a Mosca. Io decisamente non ne ho la forza».

Il dottore si procurò dell'inchiostro e scrisse alla figlia questo telegramma: «Panaùrova deceduta otto sera. Di' marito: via Dvorânskaâ vendesi casa ipoteca, da pagare nove. Asta dodici. Consiglio non farsela sfuggire».

IX

Làptev viveva in uno dei vicoli della Màlaâ Dmìtrovka, vicino allo Stàryj Pìmen. Oltre alla grande casa sulla strada, aveva in affitto anche un padiglione a due piani in cortile per il suo amico Kočevój, viceprocuratore legale, che tutti i Làptev chiamavano semplicemente Kóstâ, dato che era cresciuto sotto i loro occhi. Di fronte a questo padiglione ce n'era un altro, pure a due piani, in cui abitava una famiglia francese, composta da marito, moglie e cinque figlie.

Ci saranno stati venti gradi sotto zero. Le finestre erano ghiacciate. Appena sveglio, al mattino, Kóstâ con la faccia preoccupata assunse quindici gocce di una medicina, poi, presi dalla libreria due pesi, fece ginnastica. Era alto, molto magro, con grandi baffi rossicci; ma la cosa che più colpiva nel suo aspetto erano le gambe straordinariamente lunghe.

Pëtr, mužìk di mezza età, in giacca e pantaloni di cinz infilati negli stivali alti, portò il samovàr e preparò il tè.

«Il tempo è molto bello, oggi, Konstantìn Ivànovič» disse.

«Sì, bello, peccato solo che noi due ce la passiamo così così».

Pëtr sospirò educatamente.

«Che ne è delle bambine?» domandò Kocevój.

«Il pope non è venuto e le sta facendo studiare Alekséj Fëdoryč in persona».

Kóstâ trovò sulla finestra un punto non gelato e cominciò a guardare con il binocolo, dirigendolo verso le finestre dove viveva la famiglia francese.

«Non si vedono» disse.

Nel frattempo da basso Alekséj Fëdoryč insegnava teologia a Sàša e Lida. Era un mese e mezzo che abitavano a Mosca, al piano disotto del padiglione, insieme alla loro governante, e tre volte alla settimana venivano un insegnante dalla scuola e un pope. Sàša stava studiando il Nuovo Testamento, mentre Lida aveva appena cominciato l'Antico. L'ultima volta Lida aveva avuto come compito di ripetere fino ad Abramo.

«Dunque, Adamo ed Eva avevano due figli» disse Làptev. «Benissimo. Ma come si chiamavano? Cerca di ricordare!»

Lida, austera come sempre, taceva, guardando il tavolo e muovendo solo le labbra; invece la maggiore, la guardava in faccia e si tormentava.

«Lo sai perfettamente, basta che non ti agiti» disse Làptev. «Su, come si chiamano i figli di Adamo?»

«Abele e Cabele» sussurrò Lida.

«Caino e Abele» corresse Làptev.

A Lida scorse giù per la guancia una grossa lacrima e cadde sul libro. Anche Sàša abbassò gli occhi e arrossì, sul punto di mettersi a piangere. Làptev non riusciva più a parlare per la pena, le lacrime gli erano salite alla gola; si alzò dal tavolo e si accese una sigaretta. In questo momento scese Kočevój con il giornale in mano. Le bambine si alzarono e, senza guardarlo, gli fecero la riverenza.

«In nome di Dio, Kóstâ, fatele studiare voi» gli si rivolse Làptev. «Ho paura di mettermi anch'io a piangere, e prima di pranzo devo fare un salto al granaio».

«D'accordo».

Alekséj Fëdoryč se ne andò. Kóstâ, con la faccia molto seria, accigliato, si sedette a tavola e avvicinò a sé il libro di storia della religione.

«Beh?» chiese. «Cosa state leggendo?»

«Lei sa il diluvio» disse Sàša.

«Il diluvio? Bene, ci daremo da fare con il diluvio. Vai col diluvio». Kóstâ scorse nel libro una breve descrizione del diluvio e disse: «Vi devo dire che il diluvio, come qui viene descritto, in realtà non c'è stato. E non è esistito nessun Noè. Qualche migliaio d'anni prima della nascita di Cristo ci fu sulla terra una straordinaria inondazione, e se ne parla non solo nella Bibbia ebraica, ma anche nei libri degli altri popoli antichi, per esempio greci, caldei, indiani. Ma per quanto grande sia stata l'inondazione, non è vero che sommerse tutta la terra. Beh, le pianure le allagò, ma i monti, ci mancherebbe, rimasero. Per leggerlo questo libro leggetelo, ma non credeteci troppo».

A Lida spuntarono di nuovo le lacrime, si voltò dall'altra parte e d'un tratto scoppiò in singhiozzi così forti, che Kóstâ ebbe un sussulto e si alzò molto imbarazzato.

«Voglio andare a casa» disse lei. «Da papà e dalla nânâ».

Anche Sàša si mise a piangere. Kóstâ andò disopra e disse al telefono a Ûliâ Sergéevna:

«Mia cara, le bambine piangono di nuovo. Non è proprio possibile».

Ûliâ Sergéevna arrivò di corsa dalla casa grande con solo il vestito e uno scialle di maglia, penetrata dal gelo, e si mise a consolare le bambine.

«Credetemi, credetemi» diceva con voce supplichevole, stringendo a sé ora l'una, ora l'altra «vostro padre arriva oggi, ha mandato un telegramma. Mi spiace per la mamma, anche a me spiace, il cuore mi si spezza, ma cosa si può fare? Perché non si può andare contro Dio!»

Quando smisero di piangere, le imbaccuccò per bene e le portò a fare un giro in slitta. Prima passarono per la Màlaâ Dmìtrovka, poi accanto allo Strastnój fino alla Tverskàâ; accanto al santuario dell'Ivérskaâ si fermarono, accesero ognuna una candela e pregarono in ginocchio. Sulla via del ritorno passarono da Filìppov e presero delle ciambelle di magro con semi di papavero.

I Làptev pranzavano dopo le due. Serviva in tavola Pëtr. Questo Pëtr di giorno correva ora alla posta, ora al granaio, ora al tribunale distrettuale per Kóstâ, faceva commissioni; di sera faceva sigarette, di notte correva ad aprire la porta e dopo le cinque del mattino accendeva già le stufe, e nessuno sapeva quando dormisse. Gli piaceva molto stappare acqua di seltz e lo faceva con facilità, senza fare rumore e senza versarne nemmeno una goccia.

«Che Dio ci conceda di vivere» disse Kóstâ, bevendo un bicchierino di vodka prima della minestra.

Nei primi tempi Kóstâ non piaceva a Ûliâ Sergéevna; la sua voce di basso, i suoi modi di dire del genere «tirato fuori», «spaccare la faccia», «feccia», «fai l'imitazione del samovàr», la sua abitudine di fare brindisi e di pronunciare discorsi davanti al bicchierino le parevano volgari. Ma, conosciutolo più da vicino, aveva cominciato a sentirsi molto a suo agio in sua presenza. Lui era sincero con lei, la sera gli piaceva conversare con lei a mezza voce e le dava addirittura da leggere romanzi di sua composizione, che fino allora erano stati un segreto perfino per amici come Làptev e Ârcev. Lei leggeva questi romanzi e, per non amareggiarlo, li elogiava, e lui era contento perché sperava di diventare, prima o poi, uno scrittore famoso. Nei suoi romanzi descriveva soltanto la campagna e tenute di possidenti, anche se la campagna l'aveva vista molto di rado, solo quando era stato in dacia da amici, e in una tenuta di possidenti c'era stato una volta sola nella sua vita, quando era andato a Volokolàmsk per lavoro. L'elemento amoroso lo evitava, come se si vergognasse, la natura la descriveva spesso e, nel farlo, adoperava espressioni del tipo: «le capricciose configurazioni montane», «le forme bizzarre delle nuvole» o «un accordo di misteriose armonie»... Nessuno gli pubblicava questi romanzi, e lui se lo spiegava con la censura.

L'attività di avvocato gli piaceva, eppure la sua occupazione principale non la considerava l'avvocatura, ma questi romanzi. Credeva di avere una fine mentalità artistica e si era sempre sentito attratto dall'arte. Non cantava e non suonava nessuno strumento ed era del tutto privo di orecchio musicale, ma frequentava tutte le riunioni sinfoniche e filarmoniche, organizzava concerti a scopo di beneficenza, faceva conoscenza con i cantanti...

Durante il pranzo chiacchieravano.

«È stupefacente» disse Làptev. «Il mio Fëdor mi ha di nuovo sconcertato! Bisogna informarsi, dice, di quando ricorrerà il centenario della nostra ditta, per sollecitare il titolo nobiliare, e lo dice serissimo. Cosa gli è successo? Sinceramente, comincio a preoccuparmi».

Di Fëdor dicevano che ora è di moda assumere degli atteggiamenti. Per esempio, Fëdor cerca di apparire un semplice mercante, anche se non è più un mercante, e quando un insegnante della scuola patrocinata dal vecchio Làptev va da lui per lo stipendio, cambia addirittura voce e andatura e si comporta con l'insegnante come un capo.

Dopo pranzo non c'era nulla da fare, andarono nello studio. Parlarono dei decadenti, della Pulzella d'Orléans, e Kóstâ recitò tutto un monologo; gli sembrava di imitare alla perfezione la Ermólova. Dopo si misero a giocare a vint. Le bambine non andarono nel padiglione, ma, sedute nella stessa poltrona, pallide, malinconiche, ascoltavano il rumore della strada: è papà che arriva? Di sera, con il buio e le candele accese, erano angosciate. La conversazione al tavolo del vint, i passi di Pëtr, il crepitare del caminetto le eccitavano, non volevano guardare il fuoco; la sera non avevano più voglia nemmeno di piangere, ma si sentivano impaurite e con il cuore oppresso. E non capivano come si potesse parlare e ridere, ora che la mamma era morta.

«Cosa avete visto oggi con il binocolo?» domandò Ûliâ Sergéevna a Kóstâ.

«Oggi niente, ma ieri il vecchio francese ha fatto il bagno».

Alle sette Ûliâ e Kóstâ andarono al Màlyj Teàtr. Làptev rimase con le bambine.

«Papà dovrebbe essere già arrivato» disse, guardando l'orologio. «Si vede che il treno è in ritardo».

Le bambine se ne stavano sedute in poltrona, silenziose, strette una all'altra, come bestioline infreddolite, e lui continuava a camminare per le stanze e guardare impaziente l'orologio. In casa c'era silenzio. Ma ecco verso le nove qualcuno suonò. Pëtr andò ad aprire.

Sentendo la voce nota, le bambine lanciarono un grido, scoppiarono in singhiozzi e corsero in anticamera. Panaùrov aveva un'elegante pelliccia e barba e baffi erano bianchi di gelo.

«Un momento, un momento» borbottava, ma Saša e Lìda, singhiozzando e ridendo, gli baciavano le mani fredde; il cappello, la pelliccia. Bello, languido, coccolato dall'amore lui, senza fretta, accarezzò le bambine, poi entrò nello studio e disse, sfregandosi le mani:

«Però sto da voi per poco, amici miei. Domani parto per Pietroburgo. Mi hanno promesso il trasferimento in un'altra città».

Si era fermato al Dresden.

X

Dai Làptev spesso capitava Ârcev, Ivàn Gavrìlyč. Era un uomo sano, forte, con i capelli neri, una faccia intelligente, piacevole. Era considerato bello, ma ultimamente aveva cominciato a ingrassare, e questo gli sciupava la faccia e la linea; lo sciupava anche il fatto di portare i capelli cortissimi, quasi a zero. Un tempo, all'università, per la sua notevole statura e la sua forza, gli studenti lo chiamavano «buttafuori».

Assieme ai fratelli Làptev lui si era laureato in lettere, poi era passato a scienze naturali e ora era dottore in chimica. Su una cattedra non contava, e non era nemmeno assistente, ma insegnava fisica e storia naturale in una Realschule e in due ginnasi femminili. Dei suoi studenti, e soprattutto delle studentesse, era entusiasta, e sosteneva che stava crescendo una generazione straordinaria. Oltre alla chimica, a casa si occupava anche di sociologia e di storia della Russia e a volte pubblicava su giornali e riviste dei brevi articoli che firmava con la lettera Â[25]. Quando parlava di botanica o di zoologia sembrava uno storico,

____

[25] Â (Я) è l'iniziale del nome Ârcev e anche il pronome personale «io».

quando discuteva qualche questione storica sembrava un naturalista.

Dai Làptev era di casa anche Kiš, soprannominato «d'eterno studente». Per tre anni era stato iscritto alla facoltà di medicina, poi era passato a matematica, dove frequentava ogni corso per due anni. Suo padre, un farmacista di provincia, gli mandava quaranta rubli al mese e sua madre, di nascosto dal padre, altri dieci, e questi soldi gli bastavano per campare e addirittura per concedersi lussi come un cappotto con colletto di castoro polacco, guanti, profumo e fotografie (si faceva spesso fotografare e distribuiva i suoi ritratti agli amici). Pulitino, un po' calvo, con fedine dorate intorno alle orecchie, modesto, aveva sempre l'aria di una persona pronta a fare un favore a qualcuno. Si dava sempre da fare per gli altri: ora andava in giro a raccogliere firme, ora si congelava dal mattino presto alla cassa del teatro per comprare un biglietto a una signora sua conoscente, ora su incarico di qualcuno andava a ordinare una ghirlanda o un mazzo di fiori. Di lui non facevano che dire: «Ci andrà Kiš», «Lo farà Kiš», «Lo comprerà Kiš». Gli incarichi li eseguiva in massima parte male. Lo coprivano di rimproveri, spesso si dimenticavano di rimborsarlo per gli acquisti, ma lui taceva sempre e nei casi difficili si limitava a sospirare. Non era mai particolarmente contento né amareggiato, raccontava sempre in modo prolisso e noioso, e le sue spiritosaggini facevano ridere proprio perché non erano spiritose. Così, una volta, con l'intenzione di scherzare, disse a Pëtr: «Pëtr, non sei uno storione» e questo suscitò l'ilarità generale, e lui rise a lungo, soddisfatto della sua battuta così ben riuscita. Quando c'erano i funerali di qualche professore, lui camminava davanti, assieme ai portatori di fiaccole.

Ârcev e Kiš venivano di solito la sera per l'ora del tè. Se i padroni di casa non andavano a teatro o a un concerto, il tè della sera si protraeva fino all'ora di cena. Una sera di febbraio in sala da pranzo ci fu la seguente conversazione:

«Un'opera d'arte è significativa e utile solo quando nella propria idea racchiude qualche serio problema sociale» diceva Kóstâ, guardando irritato Ârcev. «Se in un'opera c'è una protesta contro la servitù della gleba, oppure l'autore si pronuncia contro l'alta società e le sue volgarità, quest'opera è significativa e utile. Invece romanzi e i racconti fatti di "ah" e "oh", e "lei si è innamorata di lui, ma lui non l'ama più", opere del genere, dico io, sono insignificanti e che il diavolo se le porti».

«Sono d'accordo con voi, Konstantìn Ivànyč» disse Ûliâ Sergéevna. «Uno descrive un incontro d'amore, un altro un tradimento, un terzo un incontro dopo una separazione. Possibile che non esistano altri intrecci? E sì che ci sono tante persone malate, infelici, tormentate dalla miseria, alle quali deve ripugnare leggere cose del genere».

A Làptev dispiaceva che sua moglie, una giovane donna che non aveva ancora ventidue anni, facesse ragionamenti così seri e freddi sull'amore. E ne indovinava il perché.

«Se la poesia non affronta i problemi che vi paiono importanti» disse Ârcev «rivolgetevi allora a opere sulla tecnica, di diritto penale e finanziario, leggete gli articoli scientifici divulgativi. Che bisogno c'è che in Romeo e Giulietta si parli, invece che di amore, supponiamo, della libertà di insegnamento o della disinfezione delle carceri, se questi problemi li trovate in saggi e trattati specifici?»

«Ma che esagerazione, caro mio!» lo interruppe Kóstâ. «Non stiamo parlando di giganti come Shakespeare o Goethe, stiamo parlando di un centinaio di scrittori di talento e mediocri che sarebbero molto più utili se lasciassero perdere l'amore e si preoccupassero di diffondere fra le masse conoscenze e idee umanitarie».

Kiš, con la erre uvulare e la voce leggermente nasale, si mise a raccontare il contenuto di un romanzo che aveva letto da poco. Raccontava nei dettagli, senza fretta; passarono tre minuti, poi cinque, dieci, e lui continuava, e nessuno riusciva a capire di cosa parlava, e la sua faccia era sempre più indifferente e gli occhi si spegnevano.

«Kiš, concludete in fretta» Ûliâ Sergéevna non si trattenne «perché altrimenti è un tormento!»

«Smettetela, Kiš!» gli gridò Kóstâ.

Tutti si misero a ridere, anche Kiš.

Giunse Fëdor. Con le macchie rosse in faccia, di fretta, salutò e portò il fratello nello studio. Negli ultimi tempi evitava le riunioni numerose e preferiva la compagnia di una sola persona.

«Che i giovani se la ridano pure, e intanto qui io e te parliamo un po' col cuore in mano» disse sedendosi in una poltrona profonda, un po' discosta dalla lampada. «È un pezzetto, fratellino, che non ci vediamo. Quanto tempo è che non vieni al granaio? Una settimana, forse».

«Sì. Non ho nulla da fare là da voi. E il vecchio, confesso, mi ha stufato».

«Certo, possono fare anche a meno di noi due al granaio, ma un'occupazione purché sia bisogna pur averla. Guadagnerai il pane con il sudore della tua fronte, come si dice. Dio ama chi fatica». Pëtr portò su un vassoio un bicchiere di tè. Fëdor lo bevve senza zucchero e ne chiese dell'altro. Beveva molto tè e in una sola sera ne poteva bere anche una decina di bicchieri.

«Sai una cosa, fratello?» disse, alzandosi e avvicinandosi al fratello. «Senza ulteriori indugi, fatti eleggere consigliere, e noi, a poco a poco, un passo per volta, ti faremo assessore e poi vicesindaco. E così via, sei un uomo intelligente, colto, ti noteranno e ti faranno andare a Pietroburgo – gli amministratori municipali e provinciali ora sono di moda là, fratello, e, vedrai, non avrai ancora cinquant'anni, e sarai già consigliere segreto e avrai il nastro sulla spalla».

Làptev non rispose nulla; capì che tutto questo –
e il consigliere segreto, e il nastro – lo voleva
Fëdor stesso, e non sapeva cosa rispondergli.
I due fratelli stavano seduti in silenzio. Fëdor aprì
l'orologio, e lo guardò a lungo, molto a lungo,
con attenzione intensa, come se volesse scorgere
il movimento delle lancette, e l'espressione della
sua faccia a Làptev parve strana.
Li chiamarono per la cena. Làptev andò in sala da
pranzo, mentre Fëdor rimase nello studio. Ormai
non discutevano più, e Ârcev parlava con il tono
di un professore che stesse tenendo una lezione:
«In conseguenza delle differenze di clima,
energia, gusti, età, l'uguaglianza fra gli uomini è
fisicamente impossibile. Ma l'uomo di cultura
può rendere innocua questa disuguaglianza, così
come ha fatto con le paludi e con gli orsi. Uno
scienziato è riuscito a fare in modo che un gatto,
un topo, un falco cuculo e un passero
mangiassero dallo stesso piatto, e l'educazione,
bisogna sperare, farà lo stesso con gli uomini. La
vita va sempre più avanti, la cultura ottiene degli
enormi successi sotto i nostri occhi e, è evidente,
verrà il momento in cui, per esempio, la
situazione in cui si trovano attualmente gli operai
in fabbrica ci parrà un assurdo, così come ci pare
oggi la servitù della gleba, quando si barattavano
donne con cani».
«Non succederà presto, niente affatto» disse
Kóstâ e fece una risatina. «Rothschild non
arriverà tanto presto a considerare un assurdo i

suoi sotterranei pieni d'oro, e fino ad allora bisogna che l'operaio si rompa la schiena e si gonfi di fame. Beh, no, mio caro. Non bisogna aspettare, ma lottare. Se il gatto mangia con il topo dallo stesso piatto, pensate che abbia preso coscienza? Proprio no. L'hanno costretto con la forza».

«Io e Fëdor siamo ricchi, nostro padre è un capitalista, un milionario, è contro di noi che bisogna lottare!» disse Làptev e si sfregò la fronte con il palmo della mano. «Lottare contro di me, è una cosa che proprio non mi entra in testa! Io sono ricco, ma cosa mi hanno dato finora i soldi, cosa mi ha dato questa forza? In che cosa sono più felice di voi? La mia infanzia è stata di lavori forzati, e i soldi non mi hanno salvato dalla frusta. Quando Nina si è ammalata ed è morta, i miei soldi non l'hanno aiutata. Quando non mi sento amato, non posso obbligare nessuno ad amarmi, anche se spendo cento milioni».

«In compenso potete fare molto bene» disse Kiš.

«Ma quale bene! Ieri mi avete chiesto di far qualcosa per un matematico in cerca di occupazione. Credetemi, io posso fare per lui esattamente quello che potreste fare voi, poco. Io posso dargli dei soldi, solo che non è questo che vuole. Una volta ho chiesto a un musicista famoso un posto per un povero violinista, e lui mi ha risposto così: "Voi vi siete rivolto a me perché non siete musicista". Così io vi rispondo: voi vi rivolgete a me con tanta fiducia per farvi aiutare perché non vi siete mai trovato nella situazione di un ricco».

«Cosa c'entra il confronto con il musicista famoso, non capisco!» disse Ûliâ Sergéevna e arrossì. «Cosa c'entra il musicista famoso!»

La sua faccia ebbe un fremito d'odio, e lei abbassò gli occhi, per nascondere questo sentimento. E l'espressione del suo viso la capì non solo suo marito, ma anche tutti quelli che sedevano a tavola.

«Cosa c'entra il musicista famoso!» ripeté piano. «Non c'è nulla di più facile che aiutare un povero».

Venne il silenzio. Pëtr servì francolini di monte, ma nessuno ne mangiò e tutti mangiarono soltanto l'insalata. Làptev non ricordava più quello che aveva detto, ma gli era chiaro che non erano state odiate le sue parole, ma il fatto stesso che si fosse intromesso nella conversazione.

Dopo cena andò nel suo studio; teso, con il batticuore, aspettandosi ancora nuove umiliazioni, si mise in ascolto di quello che stava accadendo in sala. Là la discussione era ripresa; poi Ârcev si sedette al pianoforte e cantò una romanza sentimentale. Era maestro in tutto: cantava, suonava, e sapeva fare persino giochi di prestigio.

«Fate come volete, signori, ma io non voglio restare in casa» disse Ûliâ Sergéevna. «Ho bisogno di andare da qualche parte».

Decisero di andare fuori città e mandarono Kiš al Club dei mercanti a prendere una troika. Làptev non lo invitarono, perché di solito lui non andava fuori città e perché ora da lui c'era suo fratello, ma lui lo interpretò così, che la sua compagnia era noiosa per loro, che lui era affatto superfluo in questa allegra compagnia di giovani. E la sua stizza, la sua amarezza erano così forti, che fu lì lì per mettersi a piangere; era perfino contento che si comportassero con lui con tanta scortesia, che lo trascurassero, di essere un marito stupido, noioso, una miniera d'oro, e gli sembrava che sarebbe stato ancora più contento se sua moglie questa notte l'avesse tradito con il suo migliore amico e poi gliel'avesse confessato, guardandolo con odio... Era geloso degli studenti, degli attori, dei cantanti che lei conosceva, di Ârcev, persino dei passanti, e ora desiderava con passione che lei gli fosse davvero infedele, la voleva sorprendere con qualcuno, poi avvelenarsi, liberarsi una volta per tutte di questo incubo. Fëdor beveva tè e deglutiva con rumore. Ma ecco anche lui si apprestò ad andarsene.

«Il nostro vecchio, a quanto pare, è quasi cieco» disse indossando la pelliccia. «Ci vede molto peggio».

Anche Làptev si mise la pelliccia e uscì. Dopo aver accompagnato il fratello fino allo Strastnój, prese una carrozza e andò allo Âr.

"E questa si chiama felicità famigliare!" rideva di sé. "Questo è l'amore!"

Gli battevano i denti, e non sapeva se fosse per la gelosia o per qualcos'altro. Allo Âr fece un giro per i tavolini, e nella sala ascoltò un cantante umorista; in caso di incontro con i suoi non aveva nemmeno una frase pronta, ed era già certo in anticipo che in caso di incontro con la moglie avrebbe soltanto fatto un sorriso penoso e poco intelligente, e tutti avrebbero capito quale sentimento lo aveva fatto venire qui. La luce elettrica, la musica forte, l'odore di cipria e gli sguardi delle signore che passavano gli davano la nausea. Si fermò accanto alla porta, si sforzò di sbirciare e di origliare cosa succedeva nei salottini riservati, e gli sembrava di recitare, insieme al cantante e a queste signore, una parte vile, spregevole. Poi andò alla Strel'na, ma nemmeno lì incontrò nessuno dei suoi, e solo mentre, tornando indietro, si stava avvicinando di nuovo allo Âr, lo raggiunse con rumore una troika; il postiglione ubriaco gridava, e si sentiva la risata di Ârcev: «Ga-ga-ga!».

Làptev tornò a casa dopo le tre. Ûliâ Sergéevna era già a letto. Vedendo che non dormiva, le si avvicinò e disse brusco:

«Capisco il vostro disgusto, il vostro odio, ma potreste risparmiarmi in presenza di estranei, potreste nascondere il vostro sentimento».

Lei si mise a sedere sul letto, con le gambe penzoloni. Alla luce della lampadina i suoi occhi sembravano grandi, neri.

«Vi chiedo scusa» disse.

Per l'agitazione e per il tremito in tutto il corpo Làptev non riuscì più a dire nemmeno una parola, ma le stava davanti e taceva. Anche lei tremava e stava seduta come una criminale, attendendo una spiegazione.

«Come soffro!» disse lui alla fine e si prese la testa fra le mani. «Sono come all'inferno, sono uscito di senno!»

«Per me è facile, forse?» domandò lei con voce tremante. «Lo sa solo Dio come mi sento!»

«Sei mia moglie da sei mesi, ma in te non c'è nemmeno una scintilla d'amore, nessuna speranza, nessun bagliore! Perché mi hai sposato?» continuò Làptev disperato. «Perché? Quale demone ti ha spinto fra le mie braccia? Cosa speravi? Cosa volevi?»

Lei lo guardava orripilata, come temendo che la picchiasse.

«Ti piacevo? Mi amavi?» continuò, affannato. «No! E allora? Cosa pensavi? Dimmi: cosa pensavi?» urlò. «Oh, maledetti soldi! Maledetti soldi!»

«Giuro su Dio, no!» gridò lei e si fece il segno della croce; si era tutta contratta per la mortificazione e lui per la prima volta la sentì piangere. «Giuro su Dio, no!» ripeté lei, «io non pensavo ai soldi, non ne ho bisogno, mi sembrava solo che, respingendoti, mi sarei comportata male. Avevo paura di rovinare la vita a te e a me. E ora soffro per il mio errore, soffro in modo insopportabile!»

Ûliâ scoppiò amaramente in singhiozzi, e lui capì quanto lei stava male e, non sapendo cosa dire, si lasciò cadere sul tappeto davanti a lei.

«Basta, basta» borbottò. «Ti ho mortificata perché ti amo alla follia» e d'un tratto le baciò un piede e lo abbracciò appassionatamente. «Almeno una scintilla d'amore!» borbottò. «Senti, dimmi una bugia! Mentimi! Non dire che è stato un errore!...»

Ma Ûliâ continuava a piangere, e lui sentiva che le sue carezze le sopportava come conseguenza inevitabile del proprio errore. E il piede che lui le aveva baciato, l'aveva ritratto sotto di sé, come un uccello. Gli fece pena.

Lei si sdraiò e si coprì anche la testa, lui si spogliò e andò pure a letto. Al mattino seguente provavano entrambi imbarazzo e non sapevano di cosa parlare, e a lui sembrò perfino che lei posasse incerta il piede che le aveva baciato.

Prima di pranzo venne Panaùrov a salutarli. Ûliâ aveva una voglia irrefrenabile di tornare a casa sua; sarebbe stato bello, pensava, andarsene e riposarsi dalla vita famigliare, da questo imbarazzo e dalla consapevolezza costante di aver fatto una cosa sbagliata. A pranzo fu deciso che sarebbe partita con Panaùrov e che si sarebbe fermata due o tre settimane da suo padre, finché non le fosse venuta nostalgia.

XI

Lei e Panaùrov viaggiavano in uno scompartimento riservato; lui aveva in testa un berretto di pelo d'agnello di forma alquanto strana.

«Davvero, Pietroburgo non mi ha soddisfatto» disse scandendo le parole, tra un sospiro e l'altro. «Promettono molto, ma nulla di preciso. Sì, mia cara. Sono stato giudice di pace, membro permanente, presidente del Collegio dei giudici di pace, infine consigliere della Direzione regionale; mi pare di aver servito la patria e di aver diritto a un po' di attenzione, eppure guarda un po': non riesco in alcun modo a farmi trasferire in un'altra città...»

Panaùrov chiuse gli occhi e scosse la testa.

«Non mi riconoscono» continuò, come assopendosi. «Certo, non sono un amministratore geniale, ma in compenso sono un uomo onesto e perbene, e di questi tempi anche questa è una rarità. Confesso che le donne, talvolta, le ho leggermente tradite, ma verso il governo russo mi sono sempre comportato da džentlemén[26]. Ma basta parlare di questo» disse aprendo gli occhi, «parliamo di voi. Cosa v'è saltato in testa tutt'a un tratto di andare da papà?»

---

[26] Gentleman, pronunciato alla russa.

«Così, con mio marito non andavo molto d'accordo» disse Ûliâ guardando il berretto di lui.

«Sì, è un po' strano. Tutti i Làptev sono strani. Vostro marito ancora ancora, così così, ma suo fratello Fëdor è proprio un cretino».

Panaùrov sospirò e domandò serio:

«E l'amante l'avete già?»

Ûliâ lo guardò meravigliata e fece un risolino.

«Sa Dio quel che state dicendo!»

A una grande stazione, dopo le dieci, scesero entrambi e cenarono. Quando il treno ripartì, Panaùrov si tolse il cappotto e il berretto e si sedette accanto a Ûliâ.

«E voi siete molto carina, va detto» cominciò. «Perdonatemi il paragone da osteria, mi ricordate un cetriolino marinato di fresco; per così dire, sa ancora di serra, ma contiene già un po' di sale e profuma di aneto. Vi state trasformando a poco a poco in una donna splendida, meravigliosa, una donna elegante. Se questo nostro viaggio fosse avvenuto cinque anni fa» sospirò «avrei considerato mio piacevole dovere entrare nelle file dei vostri corteggiatori, ma adesso, ahimè, sono un invalido».

Sorrise malinconico e allo stesso tempo gentile e la prese per la vita.

«Siete uscito di senno!» disse lei, arrossì e si spaventò tanto che le si raffreddarono mani e piedi, «smettete, Grigórij Nikolàič!»

«Di cosa avete paura, carina?» domandò dolce. «Cosa c'è di orribile? È che non siete abituata».

Se una donna protestava, per lui voleva dire solo che le aveva fatto impressione e che lui le piaceva. Tenendo Ûliâ per la vita, la baciò forte sulla guancia, poi sulle labbra, del tutto certo di farle un grande piacere. Ûliâ si riprese dalla paura e dall'imbarazzo e si mise a ridere. Lui la baciò di nuovo e disse, mettendosi il suo buffo berretto:
«Ecco tutto quello che vi può offrire un invalido. Un pascià turco, un buon vecchietto, ricevette in regalo, o forse, in eredità, tutto un harem. Quando le sue belle giovani mogli si misero in fila davanti a lui, fece tutto il giro, le baciò una per una e disse: "Ecco tutto quello che sono in grado di offrirvi". Lo stesso dico anch'io».
Questo le sembrava sciocco, insolito e la mise di buonumore. Aveva voglia di fare i capricci. In piedi sul divano cantando, prese dal ripiano una scatola di cioccolatini e gridò, gettandogli un pezzetto di cioccolata:
«Al volo!»
Lui lo prese; lei gli lanciò un altro cioccolatino ridendo forte, poi un terzo, e lui li prendeva sempre e se li metteva in bocca, guardandola con occhi supplichevoli, e le sembrava che nella faccia, nei lineamenti e nell'espressione ci fosse molto di femminile e di infantile. E quando lei, ansante, si sedette sul divano e continuò a guardarlo ridendo, lui le sfiorò con due dita una guancia e disse quasi con stizza:
«Ragazzaccia!»

«Prendete» disse lei porgendogli la scatola. «A me non piacciono i dolci».

Lui mangiò i cioccolatini, tutti fino all'ultimo, e la scatola vuota la chiuse in valigia; gli piacevano le scatole con i dipinti.

«Però, basta ragazzate» disse lui. «Per l'invalido è ora di dire *bye bye*».

Dal sacco da viaggio prese la vestaglia di Buharà e un cuscino, si sdraiò e si coprì con la vestaglia.

«Buona notte, tesoro!» disse piano e sospirò come se gli facesse male tutto il corpo.

E presto lo si sentì russare. Senza provare nessuna vergogna, si sdraiò anche lei e si addormentò presto.

Mentre il mattino dopo nella sua città natia stava andando dalla stazione a casa, le vie le sembravano deserte, senza gente, la neve grigia, e le case piccole, come se qualcuno le avesse schiacciate. Incontrò una processione: trasportavano un morto in una bara scoperta, con i gonfaloni.

"Dicono che incontrare un morto porti fortuna" pensò.

Alle finestre della casa in cui aveva abitato Nina Fëdorovna, erano adesso incollati dei cartellini bianchi.

Con una stretta al cuore entrò nel suo cortile e suonò alla porta. Le aprì una cameriera che non conosceva, grassa, assonnata, con una calda camicetta di flanella. Salendo la scala, a Ûliâ venne in mente che qui Làptev le aveva dichiarato il suo amore, ma adesso la scala era sporca, piena di orme. Disopra, nel corridoio freddo, attendevano pazienti con la pelliccia. E chissà perché, il cuore le batteva forte e riusciva a malapena a camminare per l'agitazione.

Il dottore, ancora più ingrassato, rosso come un mattone, e con i capelli arruffati, stava bevendo il tè. Vedendo la figlia, si rallegrò molto, pianse perfino; lei pensò di essere, nella vita di questo vecchio, l'unica gioia e, commossa, lo abbracciò forte, e gli disse che sarebbe rimasta con lui per molto, fino a Pasqua. Dopo essersi cambiata in camera sua, arrivò in sala da pranzo per bere il tè insieme, lui camminava da un angolo all'altro, le mani infilate in tasca, e cantava: «ru-ru-ru», – quindi era scontento di qualcosa.

«Te la passi molto allegramente a Mosca» disse lui. «Sono molto contento per te... E a me, che sono vecchio, non serve niente. Creperò presto e vi lascerò tutti liberi. E mi meraviglio di avere una pelle così dura e che sono ancora vivo! Stupefacente!»

Disse di essere vecchio, di essere come un asino longevo su cui viaggiano tutti. Gli avevano accollato la cura di Nina Fëdorovna, di darsi da fare per le sue figlie, i suoi funerali; e questo gagà di Panaùrov non ne aveva voluto sapere niente e gli aveva addirittura chiesto cento rubli in prestito e non glieli aveva ancora restituiti.

«Portami a Mosca e mettimi in manicomio!» disse il dottore. «Io sono pazzo, sono un bambino ingenuo, perché credo ancora nella verità e nella giustizia!»

Poi rimproverò il genero di non essere lungimirante: non compra case così convenienti. E a Ûliâ ora sembrava di non essere più l'unica gioia nella vita di questo vecchio. Mentre lui riceveva i malati e poi uscì per le visite, lei girò per tutte le stanze senza sapere cosa fare né a cosa pensare. Si era ormai disabituata alla sua città natia e alla sua casa natia; non era attratta adesso dall'uscire nella via, né dai conoscenti, e al ricordo delle amiche di una volta e della vita da ragazza non diventava malinconica e non rimpiangeva il passato.

La sera si vestì con più eleganza e andò alla *vsénošnaâ*. Ma in chiesa c'era soltanto gente semplice, e la sua splendida pelliccia e il cappellino non fecero nessuna impressione. E, le sembrava, era avvenuto un cambiamento sia nella chiesa, sia in lei stessa. Una volta le piaceva quando alla *vsénošnaâ* leggevano il canone e i cantori cantavano gli *hirmos*[27], per esempio «Aprirò la mia bocca»; le piaceva muoversi lentamente fra la folla verso il pope, in piedi in mezzo alla chiesa, e poi sentire sulla propria fronte l'olio santo, mentre adesso aspettava solo che la funzione finisse. E, uscendo dalla chiesa, aveva ormai paura che le chiedessero l'elemosina:

---

[27] Prima strofa in ciascuno dei nove canti del canone che glorifica eventi e personaggi sacri.

sarebbe stato seccante fermarsi a frugare nelle tasche, e poi nelle tasche non aveva più spiccioli, ma solo rubli.

Andò a letto presto, ma si addormentò tardi. Continuava a sognare dei ritratti e la processione funebre che aveva visto al mattino; la bara aperta con il morto veniva portata nel cortile e si fermavano al portone, poi facevano oscillare a lungo la bara nelle lenzuola e con tutta la rincorsa gliela gettavano contro la porta. Ûliâ si svegliò e sussultò orripilata. Effettivamente da basso stavano bussando alla porta e la corda del campanello frusciava contro la parete, ma il suono non si sentiva.

Il dottore si mise a tossire. Ecco, si sentiva la cameriera scendere da basso, poi tornò.

«Bàrynâ!» disse e bussò alla porta. «Bàrynâ!»

«Cosa c'è?» domandò Ûliâ.

«Un telegramma per voi!»

Ûliâ le uscì incontro con una candela. Dietro alla domestica stava il dottore, con il cappotto sopra la biancheria intima, anche lui con una candela.

«Il campanello si è guastato» disse, sbadigliando assonnato. «È un pezzo che bisognerebbe ripararlo».

Ûliâ dissuggellò il telegramma e lesse: «Beviamo vostra salute. Ârcev, Kočevój».

«Ah, che cretini!» disse e scoppiò a ridere; si sentì leggera e allegra nell'anima.

Tornata in camera sua, si lavò in silenzio, si vestì, poi a lungo fece le valigie, finché non ci fu luce, e a mezzogiorno partì per Mosca.

XII

Durante la Settimana Santa i Làptev erano all'accademia a vedere una mostra di quadri. Ci andarono tutti insieme, alla moscovita, portando con sé le due bambine, la governante e Kóstâ. Làptev conosceva i nomi di tutti i pittori famosi e non si perdeva una mostra. A volte d'estate in dacia dipingeva anche lui dei paesaggi a colori e gli sembrava di avere molto gusto e che, se avesse studiato, sarebbe potuto diventare un buon pittore. All'estero qualche volta andava da antiquari e con aria da intenditore esaminava antichità ed esprimeva la propria opinione, comprava qualcosa, l'antiquario gli prendeva quanto voleva, e l'oggetto comprato giaceva poi, dimenticato in un cassetto, nella rimessa delle carrozze, fino a che non spariva chissà dove. Oppure, passando dal negozio di stampe, osservava a lungo e con molta attenzione i quadri, i bronzi, faceva osservazioni di vario genere e d'un tratto comprava una cornicetta di scorza di tiglio oppure una scatola di cartapesta. In casa aveva quadri di dimensioni sempre maggiori, ma brutti; invece quelli belli erano appesi male. Gli era capitato più di una volta di pagare cari oggetti che poi erano risultati falsi grossolani. Ed è stupefacente che, in generale timido, fosse straordinariamente audace e sicuro di sé alle mostre di quadri. Come mai?

Ûliâ Sergéevna osservava i quadri, come il marito, attraverso il pugno oppure con il binocolo, e si meravigliava che le persone nei quadri fossero come vive, e gli alberi come veri; ma non capiva, le sembrava che alla mostra ci fossero tanti quadri uguali e che tutto lo scopo dell'arte stesse proprio nel poter guardare i quadri dal pugno e vedere persone e oggetti come veri.

«Questo è un bosco di Šiškin[28]» le spiegava il marito. «Dipinge sempre la stessa cosa... Però stai attenta: una neve così lilla non c'è mai... E questo ragazzo ha il braccio sinistro più corto del destro».

Quando tutti furono stanchi, e Làptev andò a cercare Kóstâ per tornare a casa, Ûliâ si fermò davanti a un piccolo paesaggio e lo osservò con indifferenza. In primo piano un fiumiciattolo, attraversato da un ponticello di travi, sull'altra sponda un sentiero che sparisce nell'erba scura, un campo, poi a destra un pezzetto di bosco, lì vicino un falò: a quanto pare, sorvegliano il pascolo notturno dei cavalli. E lontano finisce di bruciare il crepuscolo.

Ûliâ immaginò di camminare su quel ponticello, poi lungo il sentiero, sempre più lontano, e intorno è silenzio, gridano re di quaglie assonnati,

---

[28] I. I. Šiškin (1832-98), pittore degli "itineranti".

da lontano balugina una luce. E chissà perché d'un tratto cominciò a sembrarle che queste stesse nuvolette, che si estendevano nella parte rossa del cielo, e il bosco, e il campo li avesse visti da un pezzo e molte volte, si sentì sola, e le venne voglia di camminare, camminare e camminare sul sentiero; e là, dov'era il crepuscolo, si espandeva un riflesso ultraterreno, eterno.

«Com'è dipinto bene questo!» disse, meravigliandosi di avere d'un tratto capito il quadro. «Guarda, Alëša! Lo vedi com'è tranquillo, qui?»

Cercava di spiegare perché questo paesaggio le piacesse tanto, ma né il marito né Kóstâ la capirono. Continuava a osservare il paesaggio con un sorriso malinconico, e il fatto che gli altri non ci trovassero nulla di particolare la agitava; poi riprese a camminare per le sale e a guardare i quadri, voleva capirli, e non le sembrava più che alla mostra ci fossero molti quadri uguali. Quando, tornata a casa, per la prima volta prestò attenzione a un grande quadro appeso in sala sopra il pianoforte a coda, lo trovò detestabile e disse:

«Che voglia, avere quadri simili!»

E da allora le cornici dorate, gli specchi veneziani coi fiori e i quadri come quello appeso sopra il pianoforte a coda, e anche i ragionamenti del marito e di Kóstâ sull'arte ormai suscitavano in lei un senso di noia e di dispetto, e a volte persino di odio.

La vita scorreva come al solito, giorno dopo giorno, senza promettere nulla di particolare. La stagione teatrale era ormai finita, veniva il caldo. Il tempo era sempre splendido. Un mattino i Làptev si prepararono ad andare al tribunale distrettuale per ascoltare Kóstâ che difendeva qualcuno d'ufficio. Si attardarono in casa e arrivarono in tribunale quando era già cominciato l'interrogatorio dei testimoni. Era un soldato di complemento accusato di furto con scasso. C'erano molte lavandaie testimoni; deposero che l'imputato andava spesso dalla padrona della lavanderia; alla vigilia dell'Esaltazione della Croce, era arrivato a tarda sera a chiedere soldi per smaltire la sbornia, ma nessuno gliene aveva dati; allora se n'era andato, ma dopo un'ora era tornato e aveva portato con sé birra e dolci alla menta per le ragazze. Avevano bevuto e cantato canzoni quasi fino all'alba, e quando al mattino si erano riavute, la serratura dell'ingresso al solaio era rotta e dalla biancheria erano sparite tre camicie da uomo, una gonna e due lenzuola. A ogni testimone Kóstâ domandava con decisione: «Aveva bevuto, alla vigilia dell'Esaltazione della Croce, quella birra che l'imputato aveva portato?». Evidentemente mirava a dimostrare che le lavandaie si erano derubate da sole. Pronunciò la propria arringa senza la minima emozione, guardando arrabbiato i giurati.

Spiegava cos'è il furto con scasso e il furto semplice. Parlava molto dettagliatamente, convincente, mostrando un'inconsueta capacità di dire in molto tempo e in tono serio cose che tutti sanno da un pezzo. Ed era difficile capire cosa volesse. Dalla sua lunga arringa il giurato poteva trarre solo questa conclusione: «Lo scasso c'è stato, ma il furto no, la biancheria se l'erano bevuta le lavandaie, e se furto c'è stato, è stato senza scasso». Ma, evidentemente, disse proprio il necessario, visto che la sua arringa commosse giurati e pubblico e piacque molto. Quando fu emessa la sentenza di assoluzione, Ûliâ fece a Kóstâ un cenno con il capo e poi gli strinse forte la mano.

In maggio i Làptev si trasferirono nella dacia di Sokól'niki. A quell'epoca Ûliâ era già incinta.

XIII

Passò più di un anno. A Sokól'niki, vicino alla massicciata della ferrovia di Âroslàvl', Ûliâ e Ârcev erano seduti sull'erba; un po' in disparte era sdraiato Kočevój, con le braccia piegate sotto la testa, e guardava il cielo. Tutti e tre erano stanchi della passeggiata e aspettavano che alle sei passasse il treno delle dacie per andare a casa a bere il tè.

«Le madri vedono nei loro bambini qualcosa di straordinario, la natura è fatta così» disse Ûliâ.

«Una madre rimane ore intere accanto al lettino,

guarda le orecchie, gli occhietti, il nasino del neonato, è entusiasta. Se un estraneo bacia il suo bambino a lei, povera, sembra che gli debba fare un grande piacere. E una madre non parla d'altro che del bambino. Conosco questa debolezza delle madri e mi tengo d'occhio, ma, per la verità, la mia Olâ è straordinaria. Come guarda quando succhia! Come ride! Ha solo otto mesi, ma, Dio mi è testimone, occhi così intelligenti non li ho visti nemmeno in bambini di tre anni».

«Ditemi, tra l'altro» domandò Ârcev «a chi volete più bene, a vostro marito o alla bambina?»

Ûliâ si strinse nelle spalle.

«Non so» disse. «Io non ho mai voluto molto bene a mio marito, e Olâ è, in sostanza, il mio primo amore. Sapete, non è certo per amore che ho sposato Alekséj. Prima ero sciocca, soffrivo, pensavo continuamente di aver rovinato e la sua e la mia vita, mentre ora mi rendo conto che non è necessario nessun amore, sono tutte sciocchezze».

«Ma se non è l'amore, allora quale sentimento vi lega a vostro marito? Perché vivete con lui?»

«Non so... Così, per abitudine, dev'essere. Io lo stimo, mi manca quando sta via molto, ma non è amore. È un uomo intelligente, onesto, e per la mia felicità è sufficiente. È molto buono, semplice...»

«Alëša è intelligente, Alëša è buono,» disse Kóstâ, sollevando pigramente la testa «ma, mia cara, per accorgersi che è intelligente, buono e interessante

bisogna starci insieme una vita... E a cosa
servono la sua bontà e la sua intelligenza? Di
soldi ve ne procura a piacimento, questo lo può
fare, ma dove c'è da avere carattere, da tenere
testa a uno sfacciato, a una faccia tosta, si sente a
disagio e si perde d'animo. Uomini come il
vostro amabile Alexis[29] sono meravigliosi, ma
non sono affatto adatti alla lotta. Anzi, non sono
adatti a nulla».
Finalmente apparve il treno. Dal fumaiolo usciva
e s'innalzava sopra il boschetto un vapore del
tutto rosa, e due finestrini dell'ultimo vagone
d'un tratto lampeggiarono di sole così forte, che
faceva male guardare.
«Del tè da bere!» disse Ûliâ Sergéevna, alzandosi.
Negli ultimi tempi era ingrassata, e aveva ormai
un'andatura da signora, un po' pigra.
«Eppure senza amore non è bello» disse Ârcev
andandole dietro. «Non facciamo altro che
parlare e leggere di amore, ma siamo i primi ad
amare poco, e non va proprio bene».
«Sono tutte sciocchezze, Ivàn Gavrìlyč» disse
Ûliâ. «La felicità non sta in questo».
Bevvero il tè nel giardinetto, dove fiorivano la
reseda, la violacciocca, il tabacco e sbocciavano
già i primi gladioli. Ârcev e Kočevój dalla faccia
di Ûliâ Sergéevna vedevano che stava vivendo un
periodo felice di tranquillità dell'anima e di

---

[29] Qui Kóstâ usa la versione francese del nome
Alekséj.

equilibrio, che non aveva bisogno di nulla oltre a quello che aveva, e anche loro si tranquillizzarono, si rallegrarono. Qualunque cosa si dicesse, era opportuna e intelligente. I pini erano splendidi, c'era un ottimo odore di resina, come mai prima, e le susine erano molto saporite, e Sàša era una bambina brava, intelligente...

Dopo il tè Ârcev cantò delle romanze, accompagnandosi al pianoforte, mentre Ûliâ e Kočevój erano seduti in silenzio e ascoltavano, e solo Ûliâ di tanto in tanto si alzava e usciva pian piano, per dare un'occhiata alla bambina e a Lida che da due giorni era a letto con la febbre e non mangiava nulla.

«"Moj drug, moj nežnyj drug"»[30] cantava Ârcev. «No, signori, nemmeno se mi scannate» disse e scosse la testa. «Non capisco perché siete contrari all'amore! Se non fossi occupato quindici ore al giorno, mi innamorerei senz'altro!»

La tavola per la cena fu preparata sulla terrazza; era tiepido e non c'era vento, ma Ûliâ si avvolgeva nello scialle e si lamentava dell'umidità. Quando fece buio, chissà perché non si sentiva bene, tremolava tutta e pregava gli ospiti di fermarsi un po' di più; dava loro del vino e dopo cena fece servire del cognac perché non se ne

---

[30] «Amico mio, mio dolce amico», dalla romanza di A. G. Rubinštéjn sulle parole di Pùškin.

andassero. Non aveva voglia di restare sola con le bambine e la servitù.

«Noi, delle dacie, organizziamo uno spettacolo per bambini» disse. «Abbiamo già tutto: e il teatro, e gli attori, manca solo la commedia. Ci hanno mandato una ventina di commedie varie, ma nessuna è adatta. Voi amate il teatro e conoscete bene la storia,» si rivolse a Ârcev «scriveteci una pièce storica».

«Certo, si può fare».

Gli ospiti bevvero tutto il cognac e si prepararono ad andar via. Erano già passate le dieci, e in dacia vuol dire tardi.

«Com'è buio, non si vede nemmeno la strada!» esclamò Ûliâ accompagnandoli fuori dal cancello. «Non so nemmeno come arriverete a casa, signori. Però, fa freddo!»

Si avviluppò ancor più e s'incamminò indietro verso il *kryl'có*.

«Il mio Alekséj, si vede, è da qualche parte a giocare a carte!» gridò. «Buonanotte!»

Dopo le stanze illuminate, non si vedeva nulla; Ârcev e Kóstâ, a tastoni, come dei ciechi, raggiunsero la massicciata della ferrovia e la attraversarono.

«Non si vede un accidente» disse Kóstâ con voce di basso, fermandosi, e guardò il cielo. «E le stelle, le stelle, come fossero monetine da quindici copechi nuove! Gavrìlyč!»

«Eh?» rispose da chissà dove Ârcev.

«Dico che non si vede nulla. Dove siete?»

Ârcev, fischiettando, gli si avvicinò e lo prese sottobraccio.

«Ehi, delle dacie!» gridò d'un tratto Kóstâ a squarciagola. «Abbiamo preso un socialista!»

Da ebbro era sempre molto inquieto, gridava, attaccava briga con poliziotti e cocchieri, cantava, rideva sfrenatamente.

«Natura, che il diavolo ti porti!» urlò.

«Su, su» cercava di calmarlo Ârcev. «Non si fa. Vi prego».

Presto i due conoscenti si abituarono alle tenebre e cominciarono a distinguere i profili dei pini alti e dei pali del telegrafo. Dalle stazioni di Mosca giungevano di tanto in tanto dei fischi, e i fili ronzavano lamentosi. Il boschetto di suo non faceva nessun rumore, e in quel silenzio si sentiva un che di fiero, di forte, di misterioso, e adesso di notte sembrava che le cime dei pini toccassero quasi il cielo. I due conoscenti cercarono il loro sentiero e ci camminarono. Qui era del tutto buio, e solo dalla lunga striscia di cielo, disseminata di stelle, e dalla terra battuta che sentivano sotto i piedi, sapevano di camminare sul vialetto. Camminavano vicini in silenzio, e avevano tutti e due la sensazione che delle persone venissero loro incontro. L'ebbrezza passò. A Ârcev venne in mente che forse, in questo boschetto vagavano le anime degli zar, dei boiari e dei patriarchi di Mosca, e voleva dirlo a Kóstâ, ma si trattenne.

Quando arrivarono al casello del dazio, il cielo riluceva appena. Sempre in silenzio, Ârcev e Kočevój camminavano sul selciato accanto a dacie povere, osterie, depositi di legname; sotto il ponte di un raccordo furono invasi da un'umidità, piacevole, con odore di tiglio, e poi si aprì una via larga lunga e là nemmeno un'anima, nemmeno una luce... Quando arrivarono al Kràsnyj prud, faceva ormai luce.

«Mosca è una città che deve ancora soffrire molto» disse Ârcev, guardando il monastero Alekséevskij.

«Com'è che vi è venuto in mente?»

«Così. Amo Mosca».

Sia Ârcev sia Kóstâ erano nati a Mosca e la adoravano, e chissà perché avevano un atteggiamento ostile verso le altre città; erano convinti che Mosca fosse una città straordinaria e la Russia un paese straordinario. In Crimea, sul Caucaso e all'estero provavano nostalgia, erano scomodi, a disagio, e il tempo grigiastro di Mosca lo trovavano molto piacevole e sano. Nei giorni in cui la pioggia fredda batte alle finestre e viene buio presto, e i muri delle case e delle chiese prendono un colore olivastro, triste, e quando non si sa come vestirsi per uscire nella via, – giornate come queste li eccitavano piacevolmente.

Finalmente vicino alla stazione presero una carrozza.

«Davvero, sarebbe bello scrivere una pièce storica» disse Ârcev «ma, sapete, senza i Lâpunòv e senza i Godunòv, ma dei tempi di Âroslàv e Monomàh... detesto tutte le pièce storiche russe tranne il monologo di Pìmen[31]. Quando hai a che fare con una fonte storica o quando anche solo leggi un manuale di storia della Russia, ti sembra che tutto in Russia sia straordinariamente pieno di talento, dotato e interessante, ma quando vado a teatro a vedere una pièce storica, la vita russa comincia a sembrarmi mediocre, malsana, poco originale».

Alla Dmìtrovka i due conoscenti si separarono, e Ârcev proseguì verso la Nikìtskaâ. Sonnecchiava, era sballottato e continuava a pensare alla pièce. All'improvviso si immaginò un rumore spaventoso, un tintinnio, urla in una lingua incomprensibile, forse calmucca; e un paese tutto preso dalle fiamme, e i boschi vicini, coperti di brina e rosa chiaro dall'incendio, si vedono lontano intorno ed è così chiaro, che se ne può distinguere ogni abete; dei selvaggi, a cavallo e a piedi, girano per la campagna, i loro cavalli e loro stessi sono altrettanto di porpora, come il bagliore in cielo.

---

[31] Nel *Borìs Godunòv*, di Pùškin, musicato da Mùsorgskij.

"Sono pòlovcy"[32] pensa Ârcev.

Uno di loro, vecchio, spaventoso, con la faccia insanguinata, tutto bruciato, lega alla sella una giovane ragazza con la faccia bianca russa. Il vecchio urla furioso qualcosa, e la ragazza ha l'aria triste, intelligente... Ârcev scosse la testa e si svegliò.

«Moj drug, moj nežnyj drug...» si mise a cantare.

Pagando il vetturino e salendo le scale di casa, non riusciva assolutamente a riscuotersi e vedeva la fiamma passare agli alberi, il bosco che scoppiettava e fumava; un enorme cinghiale, impazzito dal terrore, vagava per la campagna... E la ragazza legata alla sella vedeva tutto.

Quando entrò in camera sua faceva già luce. Sul pianoforte accanto allo spartito aperto due candele finivano di bruciare. Sul divano era sdraiata la Rassùdina, con un vestito nero, una cintura alta, il giornale in mano, e dormiva profondamente. Evidentemente aveva suonato a lungo, aspettando che tornasse Ârcev, non ce l'aveva fatta e si era addormentata.

"Però, è sfinita" pensò.

Le tolse con cautela il giornale di mano e la coprì con un plaid, spense le candele e andò in camera sua. Sdraiandosi, pensava alla pièce storica, e

---

[32] Antica popolazione di origine turca che girovagava per l'Europa sudorientale tra il secolo XI e l'inizio del XIII.

dalla testa non gli usciva mai il motivo: «Moj drug, moj nežnyj drug»...

Due giorni dopo Làptev passò per un attimo da lui per dirgli che Lida si era ammalata di difterite e che aveva contagiato Ûliâ Sergéevna e la bambina, e dopo altri cinque giorni arrivò la notizia che Lida e Ûliâ stavano guarendo, mentre la bambina era morta, e che i Làptev erano scappati dalla dacia di Sokól'niki in città.

XIV

Làptev ormai trovava sgradevole restare a lungo in casa. Sua moglie andava spesso nel padiglione, dicendo che doveva fare i compiti con le bambine, ma lui sapeva che ci andava non a fare i compiti, ma a piangere da Kóstâ. Fu il nono giorno, poi il ventesimo, poi il quarantesimo, e bisognava sempre andare al cimitero Alekséevskoe ad ascoltare la panihida[33] e poi tormentarsi giornate intere, pensare solo a questa bambina sfortunata e consolare la moglie con frasi di volgare banalità. Al granaio andava ormai di rado e si occupava solo di beneficenza, inventandosi varie preoccupazioni e grattacapi, ed era contento quando succedeva che per una sciocchezza doveva stare in giro tutto il giorno. Negli ultimi tempi si apprestava ad andare

---

[33] Funzione di lutto che si tiene il primo, il terzo, il nono e il quarantesimo giorno.

all'estero, per informarsi sull'organizzazione dei dormitori, e questa idea adesso lo divertiva.

Era una giornata d'autunno. Ûliâ era appena andata nel padiglione a piangere, e Làptev era sdraiato sul divano in studio e pensava a dove andare. Proprio in quel momento Pëtr annunciò che era arrivata la Rassùdina. Làptev ne fu molto contento, saltò su e andò incontro all'ospite inattesa, la sua ex amica, di cui ormai cominciava quasi a dimenticarsi. Dalla sera in cui l'aveva vista per l'ultima volta, non era cambiata affatto ed era sempre la stessa.

«Polìna!» disse, porgendole entrambe le mani. «Quanti inverni, quante estati[34]! Se sapeste come sono contento di vedervi! Benvenuta!»

La Rassùdina, salutandolo, gli diede uno strattone al braccio e, senza togliersi cappotto né cappello, entrò nello studio e si sedette.

«Sono qui per un minuto» disse. «Non ho tempo per parlare di sciocchezze. Vi prego di sedervi e di ascoltarmi. Che siate contento o no di vedermi, per me è proprio lo stesso, dato che la benevola attenzione dei signori maschi per me non vale un centesimo. E se sono venuta da voi è perché oggi sono stata già in cinque posti, e dappertutto ho ricevuto rifiuti, mentre la faccenda è urgente. Ascoltate,» continuò guardandolo negli occhi «cinque studenti di mia

---

[34] Modo di dire russo che significa «Quanto tempo!».

conoscenza, persone limitate e tarde, ma indubbiamente povere, non hanno pagato le tasse universitarie, e ora li espellono. La vostra ricchezza vi impone di andare subito all'università e di pagare per loro».

«Con piacere, Polìna».

«Eccovi i cognomi» disse la Rassùdina, porgendo a Làptev un biglietto. «Andate subito, ché la felicità famigliare farete in tempo a godervela più tardi».

Intanto dietro la porta che dava sul soggiorno degli ospiti, si sentì un fruscio: doveva essere il cane che si grattava. La Rassùdina arrossì e saltò su:

«La vostra dulcinea sta a origliare quello che ci diciamo!» disse. «Che schifo!»

Làptev si sentì offeso per Ûliâ.

«Non è qui, è nel padiglione» disse. «E non parlate di lei in questo modo. Ci è morto un bambino, e ora è orribilmente amareggiata».

«Potete tranquillizzarla» ridacchiò la Rassùdina risedendosi. «ne avrà altri dieci. Per mettere al mondo figli, chi non ha abbastanza ingegno?»[35]

Làptev ricordò di aver già sentito questa frase, o qualcosa di simile, varie volte molto tempo prima, e sentì l'odore della poesia del passato, della libertà della vita solitaria da scapolo, quando gli sembrava di essere giovane e di potere tutto, e

---

[35] Allusione a *L'ingegno porta guai* di A. S. Griboédov (atto III, scena 4).

quando non aveva né l'amore per la moglie né il ricordo della bambina.

«Andiamoci insieme» disse lui, stirandosi.

Quando arrivarono all'università, la Rassùdina si fermò ad aspettarlo all'ingresso, mentre Làptev andò in segreteria; poco dopo tornò e porse alla Rassùdina le cinque ricevute.

«Dove andate ora?» le chiese.

«Da Ârcev».

«Vengo con voi».

«Ma così lo disturberete mentre lavora».

«No, ve l'assicuro!» disse e la guardò supplichevole.

Aveva un cappellino nero, come da lutto, con una rifinitura di crespo, e indossava un cappotto consunto molto corto, in cui le tasche sporgevano. Il suo naso sembrava più lungo di una volta e in faccia non aveva nemmeno una goccia di sangue, nonostante il freddo. A Làptev piaceva andarle dietro, ubbidirle e ascoltare i suoi brontolii. Camminava, e pensava di lei: che forza interiore deve avere questa donna se, pur essendo tanto brutta, angolosa, inquieta, incapace di vestirsi decentemente, pettinata sempre in modo sciatto e sempre goffa, è lo stesso così affascinante.

Entrarono in casa di Ârcev dall'ingresso di servizio, dalla cucina, dove andò loro incontro la cuoca, una vecchietta pulita dai riccioli bianchi; era molto imbarazzata, sorrise dolcemente, sì che il suo piccolo volto si fece simile a una torta, e disse:

«Prego, signori!»

Ârcev non era in casa. La Rassùdina si sedette al pianoforte e si mise a fare esercizi noiosi, difficili, dopo aver detto a Làptev di non disturbarla. E lui non la distrasse parlando, ma si sedette in disparte a sfogliare il *Vestnik Evropy*. Dopo aver suonato per due ore – era la sua dose quotidiana – mangiò qualcosa in cucina e uscì per le lezioni. Làptev lesse la continuazione di un romanzo, poi rimase a lungo seduto, senza leggere e senza annoiarsi e soddisfatto che fosse ormai troppo tardi per andare a pranzo a casa.

«Ga-ga-ga» si sentì la risata di Ârcev, ed entrò, sano, vigoroso, con le guance rosse, in un frac nuovo dai bottoni brillanti «ga-ga-ga!»

I conoscenti pranzarono insieme. Poi Làptev si sdraiò sul divano, e Ârcev gli si sedette accanto e si accese un sigaro. Veniva il crepuscolo.

«Io, evidentemente, comincio a invecchiare» disse Làptev. «Da quando è morta mia sorella Nina, per qualche motivo mi sono messo a pensare spesso alla morte».

Cominciarono a parlare della morte, dell'immortalità dell'anima, di come sarebbe bello risorgere davvero e poi volare su Marte, essere sempre in ozio e felici e, soprattutto, pensare in un modo speciale, non come succede sulla terra.

«Ma io non ho voglia di morire» disse piano Ârcev. «Non c'è nessuna filosofia che mi possa riconciliare con la morte, e io la considero semplicemente una disfatta. Ho voglia di vivere».

«Amate la vita, Gavrìlyč?»

«Sì, la amo».

«Ecco, in questo non riesco proprio a capirmi. O sono di malumore, o indifferente. Sono timido, non sono sicuro di me, ho la coscienza impaurita, non riesco in alcun modo ad adattarmi alla vita, di padroneggiarla. Certi dicono sciocchezze o imbrogliano, e così sono contenti di vivere, mentre io, succede, faccio consapevolmente del bene e provo soltanto inquietudine oppure la più completa indifferenza. Tutto ciò, Gavrìlyč, lo spiego con il fatto che sono uno schiavo, nipote di un servo della gleba. Prima che noi, appestati, riusciamo a metterci sulla strada giusta, molti dei nostri simili ci rimetteranno la pelle!»

«Tutto questo va bene, mio caro» disseÂrcev e sospirò. «Dimostra soltanto, una volta di più, quanto sia ricca, eterogenea la vita russa. Ah, quanto è ricca! Sapete, io mi convinco ogni giorno di più che siamo alla vigilia di un grandissimo trionfo, e mi piacerebbe vivere abbastanza, prendervi parte anch'io. Se volete, credetemi, se no no, ma, secondo me, adesso sta venendo su una generazione eccezionale. Quando faccio i compiti con i ragazzi, soprattutto con le ragazze, provo piacere. Che ragazzi prodigiosi!»

Ârcev si avvicinò al pianoforte a coda e fece un accordo.

«Io sono un chimico, penso chimicamente e morirò da chimico» continuava lui. «Ma sono ingordo, temo che morirò senza essermi saziato; e la sola chimica non mi basta, mi occupo di storia della Russia, di storia dell'arte, di pedagogia, di musica... Un giorno, l'estate scorsa, vostra moglie mi ha chiesto di scrivere una pièce storica, e ora ho voglia di scrivere, scrivere; tanto che, mi sembra, sono stato seduto per tre giorni di fila, senza mai alzarmi, e scriverei sempre. Le immagini mi hanno estenuato, ne ho la testa piena, e mi sento il cervello che mi pulsa. Non voglio affatto che da me esca qualcosa di speciale, né creare qualcosa di grande, ma io ho semplicemente voglia di vivere, sognare, sperare, di non restare indietro in nulla... La vita, mio caro, è breve, e ho bisogno di viverla nel modo migliore».

Dopo questa conversazione amichevole, che finì solo a mezzanotte, Làptev si mise ad andare da Ârcev quasi ogni giorno. Si sentiva attratto da lui. Di solito arrivava prima di sera, si sdraiava e aspettava il suo arrivo con pazienza, senza provare la minima noia. Ârcev, tornato dal lavoro e dopo aver cenato, si sedeva a lavorare, ma Làptev gli faceva una domanda, cominciavano a parlare, non aveva più la testa per lavorare, e a mezzanotte i conoscenti si separavano, molto soddisfatti uno dell'altro.

Ma questo non durò a lungo. Un giorno, andando da Ârcev, Làptev trovò da lui solo la

Rassùdina, che era seduta al pianoforte e faceva i suoi esercizi. Lei lo guardò fredda, quasi ostile, e gli domandò, senza dargli la mano:

«Ditemi, per favore, quand'è che avrà fine?»

«Avrà fine cosa?» domandò Làptev senza capire.

«Voi venite qua ogni giorno e disturbate Ârcev nel lavoro. Ârcev non è un mercantucolo, ma uno studioso, ogni minuto della sua vita è prezioso. Bisogna pur capire e avere un minimo di delicatezza!»

«Se vi pare che io lo disturbi» disse Làptev remissivo, pieno di imbarazzo «interromperò le mie visite».

«Ed è un'ottima cosa. Allora andatevene subito, se no adesso torna e vi trova qui».

Il tono con cui lo aveva detto, e l'indifferenza degli occhi della Rassùdina lo imbarazzarono in maniera definitiva. Lei non aveva più nessun sentimento per lui, tranne il desiderio che se ne andasse al più presto, – e quanto poco questo assomigliava all'amore di un tempo! Lui uscì, senza darle la mano, e gli sembrava che lei lo avrebbe chiamato e lo facesse tornare, ma risuonarono di nuovo le note, e lui, scendendo lçntamente le scale, capì di essere ormai un estraneo per lei.

Dopo due o tre giorni Ârcev andò a trovarlo per passare la serata insieme.

«E io ho una novità» disse e sorrise. «Polina Nikolàevna si è trasferita del tutto da me». Era un po' imbarazzato e continuò a mezza voce: «Che dire? Certo, non siamo innamorati, ma credo che... che sia lo stesso. Sono contento di poterle dare rifugio e tranquillità e la possibilità di non lavorare nel caso si dovesse ammalare, mentre lei crede che, dato che sta con me, nella mia vita ci sarà più ordine e che sotto il suo influsso diventerò un grande scienziato. Così pensa lei. E lasciamo che lo pensi. Al sud c'è questo proverbio: lo sciocco si picca d'essere ricco nella sua testa. Ga-ga-ga!».

Làptev taceva. Ârcev si mise a camminare per lo studio, guardò i quadri che aveva già visto tante volte, e disse, sospirando:

«Sì, amico mio. Sono più vecchio di voi di tre anni, ed è ormai tardi perché io pensi all'amore vero, e, in sostanza, una donna come Polina Nikolàevna, per me è una trovata e, di sicuro, con lei vivrò benone fino alla vecchiaia, ma, lo sa il diavolo, c'è sempre qualcosa che mi fa pena, ho sempre voglia di qualcosa e mi sembra sempre di essere sdraiato in una valle del Daghestàn[36] e di sognare un ballo. Insomma, l'uomo non è mai soddisfatto di quello che ha».

Andò nel salotto degli ospiti e, come se nulla fosse, cantò delle romanze, mentre Làptev rimase nel proprio studio; a occhi chiusi, cercava di capire come mai la Rassùdina si fosse messa con Ârcev. E poi gli venne una gran malinconia,

---

[36] Regione del Caucaso. Si allude qui alla famosa lirica di Lérmontov, *Un sogno* (1841).

perché non ci sono affetti solidi, costanti, e gli faceva rabbia che Polina Nikolàevna si fosse messa con Ârcev, ed era arrabbiato con sé stesso perché il suo sentimento per la moglie non era più affatto quello di prima.

XV

Làptev era seduto in poltrona e leggeva, dondolandosi; Ûliâ era sempre lì nello studio e pure leggeva. Sembrava che non ci fosse nulla di cui parlare, ed entrambi erano zitti dal mattino. Di tanto in tanto lui le dava un'occhiata sopra il libro e pensava: sposarsi per un amore appassionato o senza nessun amore non è forse lo stesso? E il tempo in cui era geloso, si agitava, soffriva, gli appariva adesso lontano. Aveva già avuto il tempo di soggiornare all'estero e ora si stava riposando dal viaggio e contava con l'avvento della primavera di andare ancora in Inghilterra, dove gli piaceva molto.

E Ûliâ Sergéevna si era abituata al suo dolore, non andava più nel padiglione a piangere. Quest'inverno non usciva più per negozi, non andava a teatro o ai concerti, ma rimaneva in casa. Non le piacevano le stanze grandi e se ne stava sempre o nello studio del marito, o in camera sua, dove aveva le vetrinette per le icone avute in dote, e a una parete era appeso quello stesso paesaggio che le era tanto piaciuto alla mostra. Denaro per sé non ne spendeva quasi e viveva adesso con poco, come un tempo a casa del padre.

L'inverno passava senza allegria. Dappertutto, a Mosca, si giocava a carte, ma se al posto di questo si escogitava un altro passatempo, per esempio, si cantava, si leggeva, si disegnava, risultava ancora più noioso. E dato che a Mosca c'erano poche persone di talento e a tutte le serate partecipavano sempre gli stessi cantanti e attori, il divertimento stesso con l'arte a poco a poco aveva perso interesse e si era trasformato per molti in un obbligo noioso, monotono.

Per di più dai Làptev non passava un solo giorno senza dispiaceri. Il vecchio Fëdor Stepànyč ci vedeva molto poco e ormai non andava più al granaio, e gli oculisti dicevano che presto sarebbe diventato cieco; anche Fëdor per qualche motivo aveva smesso di andare al granaio, e se ne stava tutto il tempo in casa a scrivere qualcosa. Panaùrov aveva avuto il trasferimento in un'altra città con la promozione a consigliere di stato effettivo e ora viveva al *Dresden* e quasi ogni giorno veniva da Làptev a chiedere soldi. Kiš, finalmente, aveva concluso l'università e, nell'attesa che i Làptev gli trovassero un posto, passava da loro giornate intere, raccontando storie lunghe, noiose. Tutto ciò faceva rabbia ed estenuava e rendeva sgradevole la vita quotidiana. Entrò nello studio Pëtr e riferì che era arrivata una signora sconosciuta. Sul biglietto da visita che gli porse c'era scritto: Žozefina Iòsifovna Milàn.

Ûliâ Sergéevna si alzò pigramente e uscì, zoppicando leggermente, perché le si era addormentata una gamba. Sulla soglia apparve una signora, magra, molto pallida, con le sopracciglia scure, vestita tutta di nero. Strinse le mani al petto e disse supplichevole:

«Mos'é Làptev, salvate le mie figlie!»

Il tintinnio dei braccialetti e la faccia chiazzata di cipria erano già noti a Làptev; riconobbe quella stessa signora dalla quale prima di sposarsi gli era capitato così inopportunamente di pranzare. Era la seconda moglie di Panaùrov.

«Salvate le mie figlie!» ripeté lei, e le tremò la faccia e si fece d'un tratto vecchia e pietosa, e le si arrossarono gli occhi. «Solo voi ci potete salvare, e sono venuta a Mosca da voi con i miei ultimi soldi! Le mie bambine muoiono di fame!»

Fece un movimento come se si volesse mettere in ginocchio. Làptev si spaventò e l'afferrò per le braccia sopra il gomito.

«Sedetevi, sedetevi...» borbottò, facendola accomodare. «Vi prego, sedetevi».

«Adesso non abbiamo i soldi per comprarci il pane» disse lei. «Grigórij Nikolàič parte per il nuovo posto, ma non vuole portarsi dietro me e le bambine, e i soldi che voi, persona magnanima, ci avete mandato li spende soltanto per sé. Che cosa possiamo fare? Cosa? Povere, sventurate bambine!»

«Tranquillizzatevi, vi prego. Darò ordine in ufficio che questi soldi li mandino a vostro nome».

Lei scoppiò in singhiozzi, poi si tranquillizzò, e lui notò che le lacrime avevano formato sentierini sulle guance incipriate e che aveva i baffi.

«Voi siete infinitamente magnanimo, mos'é Làptev. Ma siate il nostro angelo, la nostra buona fata, convincete Grigórij Nikolàič affinché non mi abbandoni, ma mi porti con sé. Perché io lo amo, lo amo alla follia, lui è il mio conforto!»

Làptev le diede cento rubli e le promise di parlare con Panaùrov e, accompagnandola fino all'anticamera, aveva sempre paura che scoppiasse in singhiozzi o si mettesse in ginocchio.

Dopo di lei arrivò Kiš. Poi arrivò Kóstâ con un apparecchio fotografico. Ultimamente si dilettava di fotografia e ogni giorno fotografava varie volte tutti in casa e questa nuova occupazione gli procurava molti dispiaceri, era dimagrito perfino.

Prima del tè della sera arrivò Fëdor. Seduto in un angolo dello studio, aprì un libro e guardò a lungo sempre la stessa pagina, evidentemente senza leggere. Poi bevve del tè molto a lungo; aveva la faccia rossa. In sua presenza Làptev si sentiva l'anima appesantita; perfino il suo silenzio gli era sgradevole.

«Puoi congratularti con la Russia per il suo nuovo pubblicista» disse Fëdor. «A ogni modo, scherzi a parte, mi sono deciso, fratello, un articoletto, una prova di penna, per così dire, e l'ho portato per fartelo vedere. Leggilo, mio caro, e dimmi la tua opinione. Però sincera».

Dalla tasca tirò fuori un quadernetto e lo porse al fratello. L'articolo s'intitolava L'anima russa; era scritto in modo noioso, in uno stile incolore, come scrivono di solito le persone prive di talento, segretamente narcisiste, e il pensiero principale era questo: l'intellettuale ha il diritto di non credere al soprannaturale, ma è tenuto a nascondere questa sua miscredenza per non creare delle tentazioni e non far vacillare la fede negli altri; senza fede non c'è idealismo, e l'idealismo è predestinato a salvare l'Europa e a mostrare all'umanità il suo vero cammino.

«Ma qui non scrivi da cosa si debba salvare l'Europa» disse Làptev.

«Si capisce da sé».

«Non si capisce nulla» disse Làptev e si mise a camminare agitato. «Non si capisce perché l'hai scritto. Comunque, sono affari tuoi».

«Voglio pubblicarlo in un opuscolo».

«Sono affari tuoi».

Tacquero per un istante. Fëdor sospirò e disse:

«Mi dispiace profondamente, infinitamente, che noi due la pensiamo in modi diversi. Ah, Alëša, Alëša, fratello mio caro! Io e te siamo russi, ortodossi, di larghe vedute; ti pare che siano degne di noi tutte queste ideucce tedesche e giudaiche? Perché io e te non siamo dei furfanti qualunque, siamo i rappresentanti di una nobile stirpe di mercanti».

«Ma quale nobile stirpe?» sbottò Làptev trattenendo la stizza. «Nobile stirpe! Nostro nonno veniva frustato dai proprietari, e qualsiasi infimo impiegatuccio lo picchiava sul muso. Il nonno frustava nostro padre, nostro padre frustava te e me. Che cosa ci ha dato, a me e a te, questa nobile stirpe? Quali nervi e quale sangue abbiamo avuto in eredità? Sono già quasi tre anni che ragioni come un diacono, dici un sacco di assurdità e ora hai scritto – perché questo è un delirio da schiavo! E io, e io? Guardami... Né elasticità né coraggio né forza di volontà; ho paura a ogni passo, come se mi dovessero prendere a cinghiate, mi intimidisco di fronte a delle nullità, a degli idioti, a delle bestie, dal punto di vista intellettuale e morale incommensurabilmente inferiori a me; ho paura dei portieri delle case e degli alberghi, dei poliziotti, dei gendarmi, ho paura di tutti, perché sono nato da una madre perseguitata, dall'infanzia sono stato picchiato e impaurito!... Io e te faremo bene a non avere figli. Oh, lo concedesse Iddio, che finisca con noi questa nobile stirpe di mercanti!»

Nello studio entrò Ûliâ Sergéevna e si sedette alla scrivania.

«Stavate discutendo di qualcosa?» chiese. «Non vi ho disturbato?»

«No, cognatina,» rispose Fëdor «era un discorso di principio. Tu allora dici: è una famiglia così e così» si rivolse al fratello, «eppure questa famiglia ha messo su un'azienda milionaria. Questo varrà pure qualcosa!»

«Sai che gran cosa, un'azienda milionaria! Un uomo senza particolare intelligenza, senza capacità, diventa per caso bottegaio, poi un riccone, traffica giorno dopo giorno, senza alcun metodo, senza uno scopo, senza nemmeno avidità di denaro, commercia macchinalmente, e sono i soldi ad andare da lui, non lui dai soldi. Dedica tutta la vita all'azienda e gli piace solo perché può comandare i commessi, farsi gioco dei clienti. È *stàrosta* in chiesa perché lì può esercitare il suo potere sui cantori e tenerli sotto il giogo; è amministratore di una scuola solo perché gli piace sapere che l'insegnante è un suo subordinato e che con lui può fare il capo. Al mercante non piace trafficare, ma comandare, e il vostro granaio non è un'istituzione commerciale, ma una prigione! Sì, per un commercio come il vostro sono necessari commessi privi di personalità, senza nessuna risorsa, e voi stessi ve li preparate così, costringendoli fin dall'infanzia a farvi inchini fino ai piedi per un pezzetto di pane, e fin dall'infanzia li abituate al pensiero che siete i loro benefattori. Mi sa che un laureato non lo prenderesti con te al granaio!»

«I laureati non vanno bene per la nostra attività».

«Non è vero!» urlò Làptev. «È una bugia!»

«Scusa, mi sembra che tu stia sputando nel pozzo da cui bevi» disse Fëdor e si alzò. «Il nostro lavoro ti è odioso, eppure le entrate ti fanno comodo».

«Ah, d'accordo!» disse Làptev e sorrise, guardando arrabbiato il fratello. «Sì, se io non appartenessi alla vostra nobile stirpe, se avessi almeno un minimo di volontà e di coraggio, da un pezzo avrei scaraventato lontano queste entrate e me ne sarei andato a guadagnarmi il pane. Ma voi, nel vostro granaio mi avete tolto la mia personalità fin da piccolo. Sono vostro!»

Fëdor diede un'occhiata all'orologio e cominciò a salutare in fretta. Baciò la mano di Ûliâ e se ne andò, ma, invece di andare in anticamera, andò nel salotto degli ospiti, poi in camera da letto.

«Ho dimenticato la disposizione delle stanze» disse molto imbarazzato. «Strana casa. Vero che è una casa strana?»

Mentre indossava la pelliccia, era come stordito e la sua faccia esprimeva dolore. Làptev non provava più rabbia; aveva paura e nello stesso tempo Fëdor gli faceva pena e quell'amore caldo, buono per il fratello che, sembrava, in questi tre anni si era spento in lui, gli si era risvegliato adesso nel petto e lui aveva una gran voglia di esprimere questo amore.

«Fédâ, vieni a pranzo da noi domani» disse e gli accarezzò una spalla. «Verrai?»

«Sì, sì, ma datemi un po' d'acqua».

Làptev corse in sala da pranzo, prese dal buffet la prima cosa che gli capitò fra le mani (era un alto boccale da birra), lo riempì d'acqua e lo portò al fratello. Fëdor si mise a bere avidamente, ma all'improvviso morse il boccale, si udì uno stridio, poi un singhiozzo. L'acqua si rovesciò sulla pelliccia, sulla finanziera. E Làptev, che non aveva mai visto un uomo piangere, imbarazzato e spaventato stava lì e non sapeva cosa fare. Guardava disperato Ûliâ e la cameriera togliere la pelliccia a Fëdor e riaccompagnarlo dentro, e andò loro dietro, sentendosi in colpa.
Ûliâ fece sdraiare Fëdor e gli si inginocchiò accanto.
«Non è nulla» lo consolava. «Sono i nervi...»
«Mia cara, sento un tale peso!» disse. «Sono infelice, infelice... ma per tutto il tempo io lo nascondevo, lo nascondevo!»
Le abbracciò il collo e le sussurrò all'orecchio:
«Ogni notte sogno mia sorella Nina. Viene e si siede sulla poltrona accanto al mio letto...»
Quando un'ora dopo stava di nuovo indossando la pelliccia in anticamera, ormai sorrideva e si vergognava della cameriera. Làptev andò ad accompagnarlo alla Pâtnickaâ.
«Vieni domani a pranzo da noi» gli disse lungo la strada, tenendolo sottobraccio «e a Pasqua ce ne andremo insieme all'estero. Hai assoluto bisogno di prendere aria fresca, se no inacidisci del tutto».
«Sì, sì. Ci verrò, ci verrò... E porteremo con noi la mia cognatuccia».

Tornato a casa, Làptev trovò la moglie in una forte eccitazione nervosa. Quello che era successo a Fëdor l'aveva sconvolta, e non riusciva in alcun modo a calmarsi. Non piangeva, ma era molto pallida e si agitava nel letto e afferrava con le dita fredde la coperta, il cuscino, le mani del marito come in una morsa. Aveva gli occhi grandi, spaventati.

«Non allontanarti da me, non allontanarti» diceva al marito. «Di', Alëša, perché ho smesso di pregare Dio? Dov'è la mia fede? Ah, perché avete parlato di religione in mia presenza? Mi avete confusa, tu e i tuoi amici. Non prego più».

Le mise compresse sulla fronte, le scaldò le mani, le diede del tè, ma lei si stringeva a lui terrorizzata...

Verso mattina fu sfinita e si addormentò, mentre Làptev le sedeva accanto e le teneva la mano. Così non si poté nemmeno addormentare. Poi per tutto il giorno si sentì a pezzi, intontito, non pensava a nulla e girovagava per le stanze privo di forze.

XVI

I medici dissero che Fëdor aveva una malattia mentale. Làptev non sapeva cosa succedeva in via Pâtnickaâ, ma il granaio buio, nel quale ormai non si facevano più vedere né il vecchio, né Fëdor, gli faceva l'impressione di una cripta. Quando sua moglie gli diceva che lui doveva necessariamente andare ogni giorno al granaio, e in via Pâtnickaâ, lui o taceva, oppure si metteva a parlare indispettito della propria infanzia, del fatto che non aveva la forza di perdonare a suo padre il passato, che la Pâtnickaâ e il granaio gli erano odiosi e così via.

Una domenica mattina, Ûliâ andò alla Pâtnickaâ di persona. Trovò il vecchio Fëdor Stepànyč nella stessa sala in cui, tempo addietro, in occasione del suo arrivo, era stata celebrata la funzione di benvenuto. Con la giacca di tela grossa, senza cravatta, in pantofole, se ne stava seduto immobile in poltrona e strizzava i suoi occhi ciechi.

«Sono io, vostra nuora» disse lei andandogli vicino. «Sono venuta a trovarvi».

Lui si mise a respirare affannosamente per l'agitazione. Lei, toccata dalla sua infelicità, dalla sua solitudine, gli baciò una mano, e lui le tastò il viso e la testa e, come convintosi che era proprio lei, le fece il segno della croce.

«Grazie, grazie» disse lui. «Ma io ho perso gli occhi e non vedo niente... La finestra la vedo appena appena e il fuoco anche, ma le persone e gli oggetti non li scorgo. Sì, divento cieco, Fëdor si è ammalato, e senza gli occhi del padrone le cose vanno male adesso. Se va storto qualcosa, non c'è nessuno a punirli; prendono il vizio. Ma com'è poi che Fëdor s'è ammalato? Ha preso freddo, forse? Io invece non sono mai stato male, non mi sono mai curato. Non ho mai conosciuto nessun dottore».

E il vecchio, come al solito, prese a vantarsi. Intanto una cameriera apparecchiava in fretta la tavola in sala e portò antipasti e bottiglie di vino. Vennero portate una decina di bottiglie, e una aveva la forma della torre Eiffel. Fu servito un piatto pieno di *pirožki*[37] bollenti da cui veniva un profumo di riso bollito e di pesce.

«Prego la cara ospite di mangiare un boccone» disse il vecchio.

Lei lo prese sottobraccio e lo portò a tavola e gli versò della vodka.

«Verrò da voi anche domani» disse «e porterò con me le vostre nipotine Sàša e Lida. Proveranno pena per voi e vi coccoleranno».

«Non è il caso, non le portate. Sono illegittime».

«E perché illegittime? I loro genitori erano ben sposati».

«Senza il mio permesso. Io non le ho benedette e non le voglio conoscere. Che vadano con Dio».

«Parlate in modo strano, Fëdor Stepànyč» disse Ûliâ e fece un sospiro.

«È scritto nel Vangelo: i figli devono onorare e temere i propri genitori».

«Niente di tutto questo. Nel Vangelo è scritto che dobbiamo perdonare anche ai nostri nemici».

---

[37] Focaccine ripiene.

«Nel nostro lavoro non si può perdonare. Se si perdonano tutti, nel giro di tre anni va tutto in fumo».

«Ma perdonare, dire una parola tenera, cortese a una persona, anche colpevole, è una questione superiore agli affari, superiore alla ricchezza!»

Ûliâ desiderava rabbonire il vecchio, incutergli un senso di pietà, risvegliare in lui il pentimento, ma tutto quello che lei diceva lui lo ascoltava solo con condiscendenza, come gli adulti ascoltano i bambini.

«Fëdor Stepànyč» disse Ûliâ con decisione «voi siete ormai vecchio, e presto Dio vi chiamerà a sé; vi chiederà non come avete condotto il commercio o se gli affari vi sono andati bene, ma se avete avuto misericordia verso le persone; se non siete stato severo con chi era più debole di voi, per esempio con la servitù, con i commessi?»

«Per chi è al mio servizio sono sempre stato un benefattore, e loro devono pregare eternamente Dio per me» disse il vecchio, convinto; ma, commosso dal tono sincero di Ûliâ e desideroso di darle soddisfazione, disse: «Va bene, portate le nipotine domani. Farò comprare dei regalini per loro».

Il vecchio era vestito in modo trasandato, e sul petto e sulle ginocchia aveva cenere di sigaro; evidentemente nessuno gli puliva né gli stivali né i vestiti. Il riso dei *pirožkì* non era cotto a sufficienza, dalla tovaglia veniva odore di sapone, la domestica pestava rumorosamente i piedi. Sia

138

il vecchio, sia tutta questa casa sulla Pâtnickaâ avevano un aspetto trascurato, e Ûliâ, che lo sentiva, si vergognò per sé e per il marito.

«Verrò senz'altro da voi domani» disse lei.

Fece un giro per le stanze e ordinò di mettere in ordine la camera del vecchio e di accendergli la lampada. Fëdor era seduto in camera sua e guardava un libro aperto, senza leggere; Ûliâ parlò un po' con lui e diede ordine di sistemare anche la sua camera, poi andò giù dai commessi. In mezzo alla stanza in cui i commessi pranzavano c'era una colonna di legno non verniciato che puntellava il soffitto perché non crollasse. Qui i soffitti erano bassi, le pareti tappezzate con carte a buon mercato, c'era odore di fumo e di cucina. Per la giornata di festa, tutti i commessi erano in casa e stavano seduti sui letti in attesa del pranzo. Quando entrò Ûliâ, scattarono su e alle sue domande rispondevano timidi, guardandola a capo chino, come dei detenuti.

«Oh Dio, che brutta stanza che avete!» disse congiungendo le mani. «E poi non state stretti qui?»

«Stretti sì, ma senza peccato» disse Makéičev. «Siamo molto contenti di voi ed eleviamo le nostre preghiere al Dio misericordioso».

«Corrispondenza tra l'esistenza e l'ambizione della personalità» disse Počàtkin.

E, accortosi che Ûliâ non aveva capito Počàtkin, Makéičev si affrettò a spiegare:

«Siamo gente piccola e dobbiamo vivere secondo la nostra estrazione sociale».

Lei visitò il locale per i bambini e la cucina, fece conoscenza con l'economa e rimase molto insoddisfatta.

Tornata a casa, disse al marito:

«Dobbiamo trasferirci al più presto in via Pâtnickaâ e vivere lì. E tu andrai ogni giorno al granaio».

Poi sedettero entrambi nello studio vicini e tacquero. Lui sentiva un peso sull'anima e non aveva voglia di andare né alla Pâtnickaâ né al granaio, ma intuiva ciò a cui pensava la moglie e non aveva la forza di contraddirla. Le fece una carezza sulla guancia e disse:

«Ho la sensazione che la nostra vita sia già finita, e che ora cominci una pseudoesistenza grigia. Quando ho saputo che mio fratello Fëdor è malato senza speranza, sono scoppiato a piangere; abbiamo vissuto insieme l'infanzia e la gioventù, un tempo gli volevo bene con tutta l'anima, ed ecco la catastrofe, e mi sembra che, perdendo lui, io rompa definitivamente con il mio passato. E ora che tu hai detto che dobbiamo per forza trasferirci alla Pâtnickaâ, in questa prigione, è cominciato a sembrarmi di non avere più nemmeno un futuro».

Si alzò e andò verso la finestra.

«Comunque sia, bisogna abbandonare qualsiasi idea di felicità» disse guardando la via. «La felicità non esiste. Non l'ho mai avuta e, evidentemente, non esiste affatto. Anzi, una volta nella vita sono stato felice, quando, per una notte, sono rimasto seduto sotto il tuo ombrello. Ricordi quando avevi dimenticato il tuo ombrello da mia sorella Nina?» domandò, voltandosi verso la moglie. «Allora ero innamorato di te e, ricordo, ho passato tutta la notte seduto sotto questo ombrello in uno stato di beatitudine».

Nello studio accanto agli scaffali dei libri c'era un comò di legno rosso e bronzo, nel quale Làptev conservava varie cose inutili, fra cui anche l'ombrello. Lo prese e lo porse alla moglie.

«Eccolo».

Ûliâ guardò per un istante l'ombrello, lo riconobbe e sorrise malinconica.

«Mi ricordo» disse. «Quando mi hai fatto la dichiarazione d'amore, lo tenevi in mano» e, vedendo che stava per uscire, disse: «Se è possibile, per favore, torna presto. Sento la tua mancanza».

E poi se ne andò in camera sua e guardò a lungo l'ombrello.

XVII

Nel granaio, nonostante la complessità dell'azienda e l'enorme giro d'affari, non c'era un contabile, e dai libri che teneva lo scrivano non si capiva nulla. Ogni giorno venivano al granaio dei rappresentanti, tedeschi e inglesi, con i quali i commessi parlavano di politica e di religione;

veniva anche un nobile alcolizzato, un uomo malato, pietoso, che traduceva in ufficio la corrispondenza estera; i commessi lo chiamavano «cosa da poco» e gli davano da bere tè e sale. E in generale tutta questa attività commerciale sembrava a Làptev una grande follia.

Ogni giorno andava in granaio e cercava di introdurre nuove regole; proibiva di frustare i garzoni e di prendersi gioco dei clienti, usciva di sé quando i commessi, con un'allegra risata, spedivano in provincia merci vecchie e sciupate fingendole nuove e all'ultima moda. Ora era lui il principale al granaio, ma continuava a non sapere a quanto ammontasse il patrimonio, se gli affari andassero bene, quanto prendessero i capocommessi e così via. Počàtkin e Makéičev lo consideravano giovane e inesperto, gli nascondevano molte cose e ogni sera confabulavano segretamente con il vecchio cieco. Un giorno, ai primi di giugno, Làptev e Počàtkin andarono all'osteria di Bùbnov per pranzare e parlare di affari. Počàtkin lavorava dai Làptev da molto tempo ed era arrivato da loro quando aveva solo otto anni. Era una persona di famiglia, tutti avevano piena fiducia in lui e quando, uscendo dal granaio, prelevava dalla cassa tutti gli incassi della giornata e se ne riempiva le tasche, la cosa non suscitava nessun sospetto. Era il principale al granaio e a casa, e anche in chiesa, dove svolgeva al posto del vecchio le funzioni dello *stàrosta*. Per la crudeltà con i sottoposti, commessi e garzoni lo avevano soprannominato Malûta Skuràtov.

Quando giunsero all'osteria, fece un cenno al cameriere e disse:

«Amico, portaci una mezza curiosità e ventiquattro dispiaceri».

Poco dopo il cameriere servì su un vassoio mezza bottiglia di vodka e alcuni piatti con antipasti assortiti.

«Allora, carissimo» gli disse Počàtkin «dacci una porzione di gran maestro della calunnia e della maldicenza con purè di patate».

Il cameriere non capiva ed era imbarazzato, e voleva dire qualcosa, ma Počàtkin lo guardò severo e disse:

«*Krome!*»

Il cameriere si concentrò, poi andò a chiedere consiglio ai colleghi, e infine riuscì a indovinare, portò una porzione di lingua. Quando ebbero bevuto due bicchierini a testa accompagnandoli con gli antipasti, Làptev chiese:

«Dite, Ivàn Vasìl'ič, è vero che i nostri affari negli ultimi anni sono in calo?»

«Niente affatto».

«Ditemi sinceramente, francamente, quanto era e quanto è il nostro reddito e a quanto ammonta il patrimonio? Perché non si può brancolare nel buio. Poco fa ci sono arrivati i conti del granaio, ma io, scusatemi, a questi conti non credo; voi ritenete necessario nascondermi qualcosa e dite la verità solo a mio padre. Da quando eravate piccolo siete abituato a questa politica e non potete farne a meno. Ma a che pro? Quindi, vi prego, siate sincero. In che situazione si trovano i nostri affari?»

«Tutto dipende dalle fluttuazioni del credito» rispose Počàtkin, dopo averci pensato un momento.

«Che cosa intendete per fluttuazioni del credito?» Počàtkin si mise a spiegare, ma Làptev non capì nulla e mandò a chiamare Makéičev. Questi arrivò immediatamente, assaggiò qualcosa dicendo le preghiere, e con la sua voce da baritono, forte, pastosa, cominciò a dire prima di tutto che i commessi erano tenuti notte e giorno a pregare Dio per i propri benefattori.

«Magnifico, però permettetemi di non considerarmi un vostro benefattore» disse Làptev.

«Ognuno deve stare al proprio posto e capire la propria estrazione sociale. Voi, per grazia divina, siete il nostro padre e benefattore, e noi siamo i vostri servi».

«Tutto questo, alla fine, mi ha stufato!» si arrabbiò Làptev. «Per favore, adesso siate voi il mio benefattore, spiegatemi la situazione dei nostri affari. Non permettetevi di considerarmi un bambino, altrimenti domani stesso chiudo il granaio. Mio padre è diventato cieco, mio fratello è in manicomio, le mie nipoti sono ancora giovani; odio questa attività, me ne andrei volentieri, ma non c'è nessuno che mi possa

sostituire, lo sapete benissimo anche voi. Cambiate modo di fare, in nome di Dio!»
Andarono al granaio a fare i conti. Poi fecero i conti la sera a casa, e in questa occasione anche il vecchio diede una mano; confidando al figlio i segreti commerciali, parlava con un tono, come se si trattasse non di commercio, ma di stregoneria. Risultò che le entrate aumentavano circa ogni anno di un decimo e che il patrimonio dei Làptev, calcolando solo contanti e obbligazioni, era pari a sei milioni di rubli.
Quando dopo mezzanotte, finiti i conti, Làptev uscì all'aria fresca, si sentì affascinato da queste cifre. Era una notte di luna, senza vento, afosa; i muri bianchi delle case dell'Oltremoscova, la vista dei pesanti portoni chiusi, il silenzio e le ombre nere producevano nell'insieme l'impressione di una fortezza, e ci mancava solo la sentinella con il fucile. Làptev andò nel giardinetto e si sedette su una panchina lungo la palizzata, che separava dalla casa vicina, dove pure c'era un giardinetto. Il pado era in fiore. Làptev si ricordò che questo pado quando lui era piccolo era butterato come adesso e alto come adesso e non era cambiato affatto da allora. Ogni angolino del giardino e del cortile gli ricordava il passato remoto. Anche da bambino, come adesso, attraverso gli alberi radi si vedeva tutto il cortile inondato dalla luce della luna, le ombre erano misteriose e severe come adesso, come adesso in mezzo al cortile stava sdraiato un cane

nero e le finestre dei commessi erano spalancate. E questi erano tutti ricordi tristi.

Oltre lo steccato nel cortile dei vicini si sentirono dei passi leggeri.

«Mia cara, mia dolce...» sussurrava una voce maschile proprio accanto allo steccato, tanto che Làptev sentiva perfino il respiro.

Poi si baciarono. Làptev era sicuro che i milioni e gli affari, per i quali non era portato, gli avrebbero rovinato la vita e avrebbero definitivamente fatto di lui uno schiavo; si immaginò che a poco a poco si sarebbe abituato alla propria situazione, a poco a poco sarebbe entrato nella parte di capo di un'impresa commerciale, avrebbe cominciato a diventare ottuso, a invecchiare e alla fine sarebbe morto, come in genere muore la gente piccina, da schifo, inacidita, angosciando chi la circonda. Ma cos'è cha gli impediva di lasciar perdere tanto i milioni quanto gli affari e di andarsene da questo giardinetto e da questo cortile, che odiava da quando era piccolo?

Il bisbiglìo e i baci al di là dello steccato lo agitavano. Andò in mezzo al cortile e, sbottonatasi la camicia sul petto, guardò la luna, e gli sembrava che ora avrebbe ordinato di aprire il cancello, sarebbe uscito e non sarebbe più tornato; il cuore gli si strinse dolcemente pregustando la libertà, sorrise allegro e si immaginava come poteva essere meravigliosa, poetica, forse addirittura sacra la vita...

Ma continuava a starsene lì e non se ne andava, e si domandava: "Che cos'è che mi trattiene qui?". E provò stizza sia per sé, sia per questo cane nero che poltriva sulle pietre, e non se ne andava fuori, nel bosco, dove sarebbe stato indipendente, contento. E lui, e questo cane, evidentemente, non riuscivano ad andarsene da questa casa per lo stesso motivo: l'abitudine alla cattività, alla condizione di schiavo...

Il giorno dopo a mezzogiorno andò da sua moglie e, per non annoiarsi, invitò con sé Ârcev. Ûliâ Sergéevna viveva in dacia a Bùtovo, e lui non andava a trovarla da cinque giorni. Giunti alla stazione, i conoscenti salirono in carrozza, e Ârcev per tutta la strada cantava e si deliziava del tempo magnifico. La dacia non era lontana dalla stazione in un grande parco. Dove cominciava il vialetto principale, a una ventina di passi dal portone, sotto un vecchio largo pioppo era seduta Ûliâ Sergéevna, in attesa degli ospiti. Aveva un elegante vestito leggero, guarnito di pizzi, un vestito color crema chiaro, e in mano aveva quello stesso vecchio famoso ombrellino. Ârcev la salutò e andò verso la dacia, da dove si sentivano le voci di Sàša e Lida, mentre Làptev le si sedette vicino, per parlare degli affari.

«Perché sei rimasto tanto tempo senza venire?» domandò lei, senza lasciargli andare la mano. «Per giorni interi me ne sto qui a guardare: chissà mai che arrivi. Mi manchi».

Si alzò e gli passò una mano tra i capelli, e con
curiosità gli osservava il viso, le spalle, il cappello.
«Lo sai, ti amo» disse e arrossì. «Mi sei caro. Ora
sei arrivato, ti vedo e sono felice, non so come.
Beh, dài, parliamo. Raccontami qualcosa».
Lei gli stava facendo una dichiarazione d'amore,
lui invece aveva la sensazione di essere sposato
con lei da una decina d'anni, e aveva voglia di
fare colazione. Lei gli cinse il collo,
solleticandogli con la seta del vestito la guancia;
lui allontanò con cautela la mano di lei, si alzò e,
senza dire nemmeno una parola, si incamminò
verso la dacia. Gli correvano incontro le
bambine.
"Come sono cresciute!" pensava. "E quanti
cambiamenti in questi tre anni... E sì che, magari,
mi toccherà vivere ancora tredici, trenta anni...
Qualcos'altro ci aspetta nel futuro! Staremo a
vedere".
Abbracciò Sàša e Lida, che gli si erano appese al
collo, e disse:
«Vi saluta il nonno... zio Fédâ morirà presto, zio
Kóstâ ha spedito una lettera dall'America e dice
di salutarvi. Alla mostra si è annoiato e tornerà
presto. Invece zio Alëša ha fame».
Poi si sedette in terrazza e vide sua moglie che
camminava tranquilla lungo il vialetto, venendo
verso la dacia. Era pensierosa e in viso aveva
un'espressione malinconica, incantevole, e negli
occhi le luccicavano le lacrime. Non era più la
ragazza sottile, delicata, pallida di una volta, ma

una donna matura, bella, forte. E Làptev notò
con quale entusiasmo la guardava venire avanti
Ârcev, come questa nuova, bellissima espressione
di lei si riflettesse sul viso di lui, pure
malinconico e rapito. Sembrava che fosse la
prima volta in vita sua che la vedeva. E mentre
facevano colazione sulla terrazza, Ârcev
sorrideva come gioioso e timido e continuava a
guardare Ûliâ, il suo bel collo. Làptev seguiva
senza volere i movimenti di lui e pensava che,
magari, gli sarebbe toccato vivere ancora tredici,
trenta anni... E cosa gli sarebbe toccato
sopportare nel frattempo? Che cosa ci aspetta nel
futuro?
E pensò:
"Staremo a vedere".

Uccellacci e uccellini - Postfazione

Come spesso succede in Čehov[38], questa deliziosa, preziosa novella esprime di continuo una visione sull'uomo dall'esterno, dal punto di vista delle altre specie. Qui, in particolare, compaiono molti uccelli, in varie forme che vado a elencare.

La sorella del protagonista si è sposata per amore, credendoci, ma l'oggetto del suo amore è un donnaiolo lamentoso e dissipatore. Darwinianamente, questa donna è *unfit*, inadatta, perché si è scelta un partner incapace di proteggere e mantenere la progenie. Infatti Čehov la "seleziona", la fa morire, e proprio con un cancro al petto: «Dato che il tumore lo aveva nel petto, era convinta di essersi ammalata per amore, per la sua vita famigliare, e che a letto ce l'avevano messa la gelosia e le lacrime». Che uccello è Nina Fëdorovna? Una cinciallegra, una creatura superficiale, poco riflessiva, che quindi può permettersi di essere allegra e ridanciana fino all'ultimo giorno di vita: «la chiamavano tutti cinciallegra, infatti. Come rideva! Nei giorni di

---

[38] Così la traslitterazione secondo la norma ISO 9. Nel titolo e in copertina si è mantenuta la forma con la quale l'autore è più noto al pubblico italiano.

festa si vestiva da semplice baba, e questo le stava molto bene».

Anche Làptev, all'inizio, è "stupidamente" felice e innamorato, e questa sua breve fase antievolutiva determinerà la sua infelicità per i tre anni – *Tre anni*, appunto – a venire. In questa cittadina di provincia è lontano, troppo lontano, dai discorsi moscoviti secondo cui «si può vivere senza amore, [...] l'amore appassionato è una psicosi, [...], infine, non c'è nessun amore, ma soltanto attrazione fisica tra i sessi». In questo suo delirio psicotico «i passeri cinguettavano tutto il tempo». La moglie, deliziosamente delicata e indifesa, è un altro uccello, forse un fenicottero. Si è sposata per ragionamento ma controvoglia, e ora qualsiasi effusione del marito le fa paura, ribrezzo. Anche nel momento stesso in cui Laptev la supplica di mentirgli, di fingere anche solo un briciolo d'affetto, le si sdraia davanti e le bacia un piede, lei istintivamente sente quel piede come contaminato, e diventa un fenicottero: «E il piede che lui le aveva baciato, l'aveva ritratto sotto di sé, come un uccello». Il piede contaminato dal bacio di lui è malato, e il contagio è Laptev innamorato stesso: «a lui sembrò perfino che lei posasse incerta il piede che le aveva baciato».

L'educazione ha fatto sì che Ûliâ accettasse la proposta di Laptev anche se le faceva schifo, dunque è l'educazione a mettere insieme a forza caratteri, destini altrimenti inconciliabili: «Uno scienziato è riuscito a fare in modo che un gatto, un topo, un falco cuculo e un passero mangiassero dallo stesso piatto, e l'educazione, bisogna sperare, farà lo stesso con gli uomini». Qui dunque Laptev è il gatto/falco, e Ûliâ è la topa/passera, e mangiano dallo stesso piatto – che è poi quasi l'unica cosa che fanno insieme, per la verità.

Quando Ûliâ è infastidita dall'intelligenza del marito durante una discussione con gli amici a tavola, lo trova insopportabile, e continua a esclamare «Cosa c'entra?» senza riuscire a darsi pace. Entra in scena nell'imbarazzo generale degli ospiti un altro uccello, oggi raro e protetto, servito come pietanza: «Pëtr servì francolini di monte, ma nessuno ne mangiò e tutti mangiarono soltanto l'insalata». Come se si fossero messi d'accordo, tutti, posti di fronte all'evidente, incontenibile disamore di Ûliâ, rifiutano il francolino di monte, un uccello dall'udito finissimo, che al primo rumore si allontana prima che chiunque riesca a vederlo.

Ûliâ viene portata alle mostre di pittura dal marito che, da bravo parvenu, sa tutto sui pittori e sui quadri, ma è più un vezzo che una vera passione. Lei invece inizialmente li trova tutti uguali, poi un giorno davanti a un paesaggio ha una rivelazione, sfonda la barriera ed entra nel quadro, se ne innamora – e poi il marito glielo comprerà – e nel contempo si rende conto che i quadri che ci sono a casa sono delle croste. I falsi intenditori, buoni solo per farsi abbindolare dai mercanti d'arte, sono i «re di quaglie assonnati» del paesaggio amato da Ûliâ, che «gridano», mandano un richiamo, al quale però la femmina – Ûliâ – non può rispondere, perché non è attratta. E la sua mancata attrazione è evoluzionisticamente corretta, perché il marito non ha il fisico, non è in grado di proteggerla fisicamente dal pericolo: «Dove c'è da avere carattere, da tenere testa a uno sfacciato, a una faccia tosta, si sente a disagio e si perde d'animo [...] Uomini come il vostro amabile Alexis sono meravigliosi, ma non sono affatto adatti alla lotta. Anzi, non sono adatti a nulla».

Ed eccoci tornati alla fitness darwiniana, centrale in Čehov.

Questo gioiello letterario è stato spesso pubblicato in raccolte di racconti, intitolate magari «Titolo del racconto X e altri racconti». È proprio un torto, una violenza assemblare per motivi commerciali opere tanto diverse e tanto preziose, tanto discrete. «*Kak vsë èto póšlo*», forse direbbe Antón Pàvlovič se fosse qui a vederlo, «Come tutto questo è volgare».

Deiva Marina, 23 marzo 2020

Dello stesso editore

Bruno Osimo Poesie dall'ospedale psichiatrico
Bruno Osimo Poesie apocrife di Anna Ahmàtova
Bruno Osimo A Silva
Bruno Osimo Per tenerti la mano tra coyote e cinghiale
Bruno Osimo Sguardi rubati ; Gianpaolo Tescari
Bruno Osimo Bolle d'accompagnazione
Bruno Osimo Proposta sibillina
Bruno Osimo Ce l'hai scarico da un pezzo
Bruno Osimo Sei un vaso di fiori di campo
Bruno Osimo La scoiattola d'autunno

Semiotica

Bruno Osimo Semiotica semplice
Bruno Osimo Semiotics for Beginners
Bruno Osimo Semiotica per principianti
Lev Vygótskij, Pensiero e parola
Charles Sanders Peirce Filosofia della mente
Jurij Lotman Il testo nel testo
Jurij Lotman Le tre funzioni del testo
Jurij Lotman Autocomunicazione: «Io» e «Un altro» come
destinatari
Jurij Lotman Le mie memorie 1922-1940
Jurij Lotman La semiosfera: culture
Jurij Lotman La cultura e l'intelligentnost'
Jurij Lotman Il ruolo dell'arte nella cultura
Jurij Lotman Asimmetria e dialogo
Jurij Lotman Il modello della struttura bilingue
Peeter Torop La semiotica della cultura. Introduzione alla
scuola di Tartu fondata da Lotman.
Peeter Torop Biografia privata di Lotman attraverso gli
autoritratti. Il discorso interno di uno studioso
Peeter Torop La transmedialità dell'autocomunicazione della
cultura
Peeter Torop Sugli inizi della semiotica della cultura alla luce
delle tesi della scuola di Tartu-Mosca

Opere di Gógol'

La lettera scomparsa
Notte di maggio ovvero L'annegata
La sera della vigilia di Ivàn Kupàla
La fiera di Soróčinci
Memorie di un pazzo

Opere di Solženìcyn

L'arresto. Vivere e morire ai tempi dei gulag
L'istruttoria. Torture, false confessioni, gulag
Storia delle fogne russe. Ondate di deportazione in gulag
La donna in lager. Vita quotidiana nei gulag

Opere di Čechov

Dùšečka
Zio Vanja
Tre sorelle
Il gabbiano
Il giardino dei ciliegi (L'amareneto)
L'insegnante di lettere
Dama con cagnolino: racconto
Casa con mezzanino (racconto di un pittore)
Racconto della signora X
L'isola di Sachalìn
La dacia nuova
A proposito dell'amore
I mužikì
Alle feste di Natale
Per affari di servizio
Nel baratro
Tre anni
Il duello
Ionyč: racconto
L'arciereo: racconto
La sposa: racconto

Kaštanka: racconto
Ragazzi: racconto
Principessa: racconto

Opere di Tolstój

Imparare a scrivere dai bambini
Infanzia
Non uccidere nessuno
Non posso stare zitto Contro la pena di morte
Su ciò che viene chiamato «arte»
Il Vangelo spiegato ai bambini
Il parassitismo
Sonata «Kreutzer»
Il desiderio sessuale
Religione e morale
Perché la gente si droga?
Perché non mangio la carne

Opere di Dostoevskij

Notti bianche
Memorie dal sottosuolo
Il villaggio di Stepànčikovo e i suoi abitanti

Opere di Leskóv

L'ebreo in Russia
Il pellegrino incantato. Il mancino
L'angelo sigillato. L'ebreo in Russia

Opere di Bulgàkov

Comune operaia № 13
Il mago nero
Ho ucciso e altri racconti

Opere di Pùškin

Evgénij Onégin

Fiabe popolari

Sivko-burko
Fiaba su Ivàn-zarévič, sull'uccello-brace e sul lupo grigio
Vasilìsa la bellissima. La sorellina volpina. Ivàn Zarévič

Sulla traduzione

Peeter Torop Total Translation
Vlahov Florin The Translation of Realia
B., S.A. Osimo Cognitive distortion, translation distortion, and poetic distortion as semiotic shifts
Bruno Osimo On Psychological Aspects of Translation
Bruno Osimo Literary translation and terminological precision: Chekhov and his short stories
Bruno Osimo Basic notions of Translation Theory
Bruno Osimo Translation Studies. Contributions from Eastern Europe
Bruno Osimo Handbook of Translation Studies
Bruno Osimo Juri Lotman's Translation Handbook
Bruno Osimo Dictionary of Translation Studies
Bruno Osimo History of Translation
Bruno Osimo Roman Jakobson's Translation Handbook
Bruno Osimo The Translation of Culture
Bruno Osimo Prototext-metatext translation shifts
Anton Popovič La scienza della traduzione
Peeter Torop La traduzione totale
Aleksandar Lûdskanov Un approccio semiotico alla traduzione
Vlahov Florin La traduzione dei realia
Revzin Rozencvejg Manuale di semiotica della traduzione

Jiří Levý La creatività linguistica e letteraria del traduttore
Jiří Levý Stile letterario e stile traduttivo. Come si forma il traduttese
Zuzana Jettmarová Teoria ceca della traduzione
B., S.A. Osimo Distorsione cognitiva, distorsione traduttiva e distorsione poetica come cambiamenti semiotici
Bruno Osimo Manuale del traduttore di Giacomo Leopardi
Bruno Osimo Peeter Torop per la scienza della traduzione
Bruno Osimo La traduzione totale. Spunti per lo sviluppo della scienza della traduzione
Bruno Osimo Teoria della mediazione linguistica
Bruno Osimo Traduzione come metafora, traduttore come antropologo
Bruno Osimo La memoria della cultura: traduzione e tradizione in Lotman
Bruno Osimo Traduzione e nuove tecnologie
Bruno Osimo Terminologia semiotica e scienza della traduzione
Bruno Osimo La lingua non salvata
Bruno Osimo Traduzione giuridica e scienza della traduzione
Bruno Osimo Traduzione della cultura
Bruno Osimo Traduzione letteraria e precisione terminologica
Bruno Osimo Traduzione e qualità
Bruno Osimo Traduzione: aspetti mentali
Bruno Osimo La traduzione totale di Peeter Torop

Fuori collana

Federico Bario Come batteva il tamburo
Aleksandr Ânov Le origini dell'autocrazia
Anatolij Rybakov Gli anni del grande terrore
Raffaello Giovagnoli Spartaco
Mihail Arcybašev Sangue
Mikhail Artsybashev Blood
Julija Voznesenskaja Decamerone delle donne
Solomon Volkov Pietroburgo. Storia culturale
Solomon Volkov Šostakovič e Stalin: l'artista e lo zar
Howard Rheingold Comunità virtuali

Bruno Osimo Il poeta in affari veniva da molto lontano
Bruno Osimo Esercizi di stile traduttivo
Bruno Osimo Melanzane dall'antipasto al dolce
Bruno Osimo Dizionario di psicoanalisi
Lucilla Porta, Una sorta di affetto. Romanzo
Tamara Nigi, Stazioni di transito. Haiku scritti sull'acqua
Poesia nascosta. Seicento ricette di cucina ebraica in Italia
Graziella Colonna, Memorie 1927-2024

www.ingramcontent.com/pod-product-compliance
Lightning Source LLC
LaVergne TN
LVHW031433170726

843492LV00010B/2977